그리워할
수
없는

그리워할 수 없는

발행일 2016년 4월 22일

지은이 이 수 혁
펴낸이 손 형 국
펴낸곳 (주)북랩
편집인 선일영 편집 김향인, 서대종, 권유선, 김예지
디자인 이현수, 신혜림, 윤미리내, 임혜수 제작 박기성, 황동현, 구성우
마케팅 김회란, 박진관, 김아름
출판등록 2004. 12. 1(제2012-000051호)
주소 서울시 금천구 가산디지털 1로 168, 우림라이온스밸리 B동 B113, 114호
홈페이지 www.book.co.kr
전화번호 (02)2026-5777 팩스 (02)2026-5747

ISBN 979-11-5987-010-1 03810(종이책) 979-11-5987-011-8 05810(전자책)

이 도서의 국립중앙도서관 출판예정도서목록(CIP)은 서지정보유통지원시스템 홈페이지(http://seoji.nl.go.kr)와 국가자료공동목록시스템(http://www.nl.go.kr/kolisnet)에서 이용하실 수 있습니다.
(CIP제어번호 : CIP2016009605)

얼굴에 상처를 가진 남자
얼굴을 인식 못하는 여자

그리워할 수 없는

이수혁 장편소설

북랩book Lab

차례

그리워할 수 없는

프롤로그

2015년 12월 25일 오혜린

“날 사랑하지 말아요.”

내가 방금 한 말은 진심이 아니었다. 하염없이 내리는 눈이 어느새 우리의 머리 위에 수북이 쌓였다.

‘이 정도면 그만하겠지?’라는 생각에 나는 이만 돌아서려고 했다. 그런데 이 남자, 나를 잡더니 돌려세운다.

“그럴게요. 내가 사랑하지 않을게요. 포기할게요. 그러니까 떠나지만 말아요.”

“거짓말… 포기한다는 말을 어떻게 믿어요. 제발 날 사랑하지 말아요.”

나는 차가운 목소리로 대답한다. 그리고 미처 꺼내지 못한 말을 마음속으로 읊조린다.

‘나는 사람들의 얼굴이 보이지 않아요. 어쩌면 당신의 얼굴도

평생 알아볼 수 없겠죠. 그러니까 날 사랑하지 말아요.'

"아니요. 당신은 친구가 필요하고, 저는 당신이 필요해요. 사랑하지 않을게요. 친구로 남을게요."

거짓말…. 나는 저 남자의 입에서 튀어나온 부드러운 목소리가 거짓말이란 걸 알고 있다. 사랑하는 사람을 포기한다는 건 죽는다는 것만큼 어려운 일이니까.

"당신이 생각하는 것만큼 저는 좋은 여자가 아닌걸요. 지난날의 상처 때문에 당신이 다가올수록 밀어내려고 할 거예요."

"괜찮아요. 내 얼굴을 보고도 웃어준 사람, 당신이 처음이었어요."

"전 가족도 친구도 없어요. 모두 떠나가 버렸어요."

"나는 당신을 떠나지 않겠어요."

"우린 운명이나 인연 따위가 아니라고요! 그런 건 존재하지 않아요."

그에게서 나는 은은한 박하 향이 내 코를 간질였다. 향기가 다가오듯 사랑이 다가오기도 그만큼 쉽다면 얼마나 좋을까? 하지만 내게는 꿈만 같은 얘기였다. 그런데 이 남자는 나보고 다시 꿈을 꾸라고 한다.

"당신이 누구든, 어떻든 모두 괜찮으니까, 날 떠나지만 마요. 친구로 남을게요."

“미안해요. 난 사랑할 수 없어요.”

헤어짐이 두려워 만날 수 없다는 말. 바보 같겠지만, 내게는 현실이었다. 내가 마음을 열면 누구든지 영영 떠나갔으니까, 그게 무서웠으니까. 다가오는 남자를 몇 번 거절하면 다시는 연락이 오지 않는다. 그런데 이 남자는 달랐다. 나와 같은 상처가 있는 사람이었다. 하지만 난 잃는 게 두려웠다.

Episode 1.

세상이 버린 남자

2015년 10월 22일 이현

오늘 아침, 출판사로부터 이메일이 도착했다.

어느 정도는 예상한 일이지만 또 같은 이유로 퇴짜를 맞았다.

눈앞이 캄캄해졌다. 그동안 원고를 여러 출판사에 보냈지만 돌아오는 대답은 한결같았다.

"글은 좋은데 조금만 더 생각해 볼게요."

"이현 씨는 저희 출판사와 맞지 않는 것 같아요."

항상 글과는 상관없는 이유였다.

나는 교외에 있는 작은 아파트에 산다. 부천시 원미구 근처에 있는 방 하나 달린 작은 집. 이마저도 국가에서 지원해주는 허름한 임대아파트였다.

15평도 채 안 되는 공간이지만, 나와 내 유일한 친구인 검은 고양이 토비가 살기에는 적당히 아늑했다.

나는 17살 때부터 혼자 살아왔다. 아니, '생존해 왔다'고 하는 게 맞으려나? 어찌 됐건 부모님을 모두 잃은 건 11살 때였다. 기억에도 없는 어머니는 날 낳자마자 돌아가셨다고 들었다. 그리고 하나 남았던 가족인 아버지는 운이 좋게도 내가 11살이 되는 해에 죽었다. 하지만 혼자가 된 게 슬프지는 않았다. 오히려 아버지의 장례식 때 나는 눈물보다 웃음이 먼저 나왔다.

나는 언제나 아버지란 존재가 내 인생에서 사라져 주길 원했다.

아버지는 항상 알코올에 찌든 냄새와 함께 집에 들어왔다. 하는 일도 변변치 않아서 내겐 맛있는 음식과 새 옷이란 말은 책에나 등장하는 단어일 뿐이었다.

학교도 제대로 다니지 못한 어린 시절의 내가 폭력적이고 야만적인 아버지 밑에서 정상적인 생활을 하는 건 불가능했다. 불안, 우울증, 강박증은 그가 내게 선물해 준 유일한 친구였고, 나의 일과는 국립도서관에서 빌려보는 소설 따위의 것들이 전부였다. 하지만 그마저도 내게 쉽게 허락되지 않았다.

그의 수중에 술이 떨어지는 날에는 나를 마구 때리며 일이라도 해서 술을 사 오라는 식으로 대했다. 나는 그럴 때마다 걸어서 2시간이 걸리는 인천도서관으로 도망가 며칠을 버텼다. 이런 식으로 바퀴벌레만도 못한 삶을 근근이 이어가던 어느 날 아버지는 알코올에 잔뜩 취한 채 손바닥만 한 과도를 들고 와서 내게 말했다.

"니캉, 내캉 요렇게 살 바에야 같이 뒤져 삐는 게 낫지 안 캈나?"

그리고선 내 얼굴을 과도로 수차례 그어댔다. 그때 나는 아프고 무섭기보다는 이제야 지옥 같은 세상에서 해방될 수 있다는 생각마저 들었다.

사실 그때는 나도 미쳤던 게 분명했다. 아버지란 사람이 11살밖에 되지 않은 어린아이에게 죽음마저 두려워하지 않을 정도로, 오히려 죽고 싶을 정도로 만들어 놨으니 말이다.

그러나 끝내 죽어버린 건 스스로 할복한 아버지뿐이었다.

그때 얼굴에 온통 피범벅이 되어 웃는지 우는지 구별을 할 수 없는 내 표정을 본 구급대원들은 간단한 치료 후 날 정신병원에 가두었다.

이 나라는 내게 연고자와 돈이 없다는 이유로 전문적인 치료를 받지 못하게 했다. 그래서 그가 내게 남겨준 칼날 자국은 고스란히 징그러운 흉터가 됐고, 지금의 나를 만들었다.

몇 년이 흐른 뒤 지옥 같던 보육원을 떠나고 17살이 되던 해였다. 나는 자립하기 위해 아르바이트는 물론 취업을 하려고도 해봤지만, 번번이 징그러운 외모 때문에 실패했다. 이런 얼굴을 가지고 사회에 나간다는 것은 불가능하다는 걸 깨달은 17세의 나는 글을 쓰기로 다짐했고, 두 달 동안 저녁을 걸러가면서 모은 생활연금으로 20만 원짜리 노트북을 샀다.

글을 쓰기 시작한 지 8년째 접어들었지만, 제대로 된 작품 하나 내지 못하고 신문에 실을 논평이나 단편소설 따위로 무명작가 생활을 이어나갔다.

오늘도 그랬다. 죽을 각오로 준비한 장편소설이 또 퇴짜를 맞았다. 이메일을 확인한 나는 그만 분노를 이기지 못하고 주먹으로 노트북을 세게 내리쳤다.

쾅하는 소리와 함께 탁자 밑에 숨어있던 토비가 껑충 뛰어나와 등을 꼿꼿이 세운 채 나를 경계했다. 정말 힘들게 준비한 소설인 <비극은 언제나 한발 빠르게>마저 실패한다면 다시는 글을 쓰지 않겠다고 스스로 한 지난날의 약속이 떠올랐다.

물론 더는 쓰고 싶지도 않았다. 갑자기 지금까지 버텨온 내 인생이 허무하게만 느껴졌다. 매달 나오는 30만 원의 연금으로는 식비는 물론 수도세마저 감당하기 어려웠다. 지난달에는 전기가 끊겨서 한 달 동안 집에서 양초를 켜고 지냈다. 어두워서 보이지 않는 덕분에 토비가 여기저기 싸질러 놓은 배변물을 밟기도 했었다.

인간답지 못한 삶 속에서도 어떻게든 살아보려고 아등바등 지내오던 지난날이 후회됐다. 그리고….

나는 오늘 죽기로 결심했다.

2리터 들이 생수통도 겨우 들어갈까 말까 하는 소형 냉장고 앞에 붙어 있는 달력이 보였다. 그동안 얼마나 무심했던지 달력이 가리키는 날짜는 몇 년 전이었다. 하지만 달력의 연도는 상관없었다. 나는 오늘 날짜에 동그라미를 쳤다. 그곳엔 10월 22일이라고 적혀 있었다. 23일 옆에는 조그마하게 '시작'이라는 단어를 적었다. 그리고 한 달 뒤인, 11월 23일 옆에는 '죽음'이라는 단어를 적었다.

그리고는 시간을 보는 것 외엔 사용하지 않던 핸드폰을 꺼내 들었다. 통장에 남은 금액을 확인하려고 꺼낸 화면에는 작으면서도 큰 금액인 20만 원이 적혀 있었다. 이튿날, 내 첫 번째 버킷리스트는 '영화관에서 영화 보기'였다.

이러한 얼굴로 영화관 내에서 발권한다는 건 내겐 상상할 수 없는 일이었다. 나는 인터넷 예매를 하기 위해 영화관 홈페이지에 접속했다. 무슨 영화인지는 관심 없었다. 그저 그동안 하지 못했던 일을 하고 싶을 뿐이었다.

인터넷 예매는 생각보다 간단했다. 핸드폰으로 홈페이지에 접속해서 원하는 영화와 좌석을 선택하니 벌써 끝나 있었다. 내가 예매한 내용 모를 예매율이 가장 높던 영화는 오후 4시

30분 시작이었다.

방구석에만 틀어박혀 글을 쓰느라 꽤 오랫동안 씻지를 못했기에 내 몸에선 퀴퀴한 냄새가 났다. 영화관에서 진상 고객으로 찍히지 않으려면 우선은 좀 씻어야 했다. 곰팡이가 잔뜩 핀 화장실에 들어가 샤워기로 머리를 적셨다. 물이 무척 차가웠다. 나는 샤워기의 방향을 온수로 돌렸다. 이제는 수도세를 아끼며 찬물로 씻을 필요가 없었다.

'어차피 죽을 건데 뭐.'

나는 용기를 내서 고개를 들었다. 예상과 같이 거울 속의 내 모습은 처량했다. 몇 년간 자르지 못해 장발이 된 긴 머리와 초점이 없는 흐린 눈. 당장에라도 죽을 것만 같은 몰골이었다.

머리카락을 타고 따뜻한 물이 얼굴에 흘러내렸다. 느끼지 않으려고 애써보았지만, 흉터에 물이 닿자 얼굴이 욱신욱신거렸다. 물론 10년이나 훨씬 더 지난 상처였기에 실제로 아프지는 않았지만 보는 것 그 자체만으로도 고통스러웠다.

어차피 꾸미지도 못할 외모에 긴 머리카락은 거추장스러운 사치품이었다. 그렇다고 해서 모두 잘라버리기엔 조금 아까웠다. 내가 곧 죽을 것이라서 그런 건 아니다. 어차피 나는 장례를 치러 줄 가족이 없으니 머리카락 따위는 없어도 그만이었다.

'그래도 죽기 전에는 가장 멋있는 모습이어야지.'

요즘 유행한다는 투블럭 컷을 시도해 보기로 했다. 어차피 망쳐도 상관없었다. 나는 어깨까지 내려온 긴 머리카락을 한 움큼 잡은 뒤에 미용 가위로 싹둑 잘라냈다.

몇 번의 가위질 끝에 거울 속 장발의 남자는 사라지고 징그러운 흉터를 가진 남자가 서 있었다. 삐죽삐죽 튀어나온 머리카락들은 바리깡을 이용해 다듬었다. 수년째 미용실을 가지 않고 집에서 혼자 잘라온 탓인지 미용 실력이 썩 나쁘지만은 않았다. 깔끔하게 정돈된 머리를 수건으로 대충 털어서 말렸다. 헤어드라이어가 있었으면 좋았겠지만 내 생활에 그런 사치를 부릴 여유는 없었다.

옷장이라고 하기에는 너무 초라한 서랍장에서 성년의 날 구청에서 선물 받은 회색 맨투맨 티를 꺼내 입었다. 바지는 선택할 필요도 없이 청바지 하나뿐이었고, 신발이라고는 삼선슬리퍼와 얼마나 오랫동안 신었는지 너덜너덜해진 회색 뉴발란스 운동화뿐이었다.

운동화에 발을 구겨 넣고 신발장 위에 놓여있던 미키마우스 인형 탈을 뒤집어썼다. 예전부터 밖에 나갈 때는 항상 인형 탈을 썼다. 혐오스럽고 따가운 눈초리보다는 신기하듯이 바라보는 관심이 더 나았기에 인형 탈은 내 외출 필수품이었다. 영화관같이 사람들이 많은 곳에서는 더더욱 필요했다. 나는 외출할 모든 채비를 마치고 현관문을 열었다.

순간 주머니에서 진동이 느껴졌다. 핸드폰에 전화가 걸려왔다. 그런데 모르는 번호였다. 하긴 아는 번호라고는 중국집 전화번호밖에 없으니 당연히 모를 수밖에. 통화 버튼을 누르자 쉼 없이 돌아가는 기계 소리가 들렸다.

"여보세요?" 내가 말했다.

"네, 안녕하세요. 이현 씨 번호 맞습니까?"

처음 듣는 성인 남성의 목소리였다. 부드러운 중저음의 이 목소리는 내가 유일하게 알고 있는 중국집 아저씨 목소리가 아니었다. 분명 그릇은 내놓았는데….

"맞는데 누구…?"

"아! 맞구나! 잘됐네요. 꼭 한 번 연락하려고 했는데 〈페이지일레븐〉 출판사 기억하시죠? 그곳 팀장입니다. 메일 수십 번을 드렸는데 답장이 없더라고요. 혹시나 해서 연락드렸습니다."

"네? 〈페이지일레븐〉이요?"

나는 생각을 더듬어 보았다. 내 이메일로 계속해서 출판계약을 맺고 싶다던 출판사 하나가 생각났다. 하지만 〈페이지일레븐〉은 애초에 내가 쓴 책에는 관심이 없었다. 그들이 보내는 메일이라고는 소설 장르를 바꿔서 새로이 다시 출판하자는 내용뿐이었다. 그것도 나는 시도조차 할 수 없는 〈로맨스 소설〉

로 말이다.

"이현 씨 소설은 정말 좋아요. 글솜씨도 뛰어나고 읽는 사람을 끌어들이는 능력이 있단 말이죠. 근데 이게 문제가 하나 있어요. 요즘은 씨알도 안 먹히는 휴머니즘을 쓴다는 거예요. 그 재능으로 로맨스 소설 한 번 써보는 게 어때요? 분명히 뜰 수 있을 거예요."

팀장의 목소리는 확신에 차 있었다.

그래, 뜰 수만 있다면…. 내가 뭘 못하겠어. 하지만 나는 꿈속에서도 사랑이나 우정 따위의 감정을 느껴보지 못했다. 작가의 경험과 상상을 그대로 담아야 하는 장르소설에 한 번도 경험하지 못한 감정을 글을 쓴다는 건 전혀 새로운 판타지 소설을 쓰는 것과 같았다. 나는 그런 데에는 소질이 없었다. 이건 생각해볼 문제가 아니라 애초에 전혀 불가능한 일이었다.

"아니요…, 전 못해요. 지금까지 답장을 안 드린 이유도 제가 그 분야에는 자신이 없어서거든요. 이만 끊겠습니다."

핸드폰을 내려놓고 통화를 끊으려고 하자 다급한 팀장의 목소리가 들려왔다.

"저기요. 이현 씨, 제가 감히 말씀드리는 건데요. 전 이현 씨 작품 많이 읽어봤어요. 솔직히 말해서 책의 주제나 내용은 너무 진부하고 지루했어요. 그런데 있잖아요? 이현 씨가 쓴 책을 읽고 나면 마치 제가 진짜로 경험한 것처럼 그림이 눈앞에 생생한 거 있죠? 이현 씨의 그 능력으로 사람들의 마음을 움직일 수 있는 장르소설을 쓴다면 분명 그건 대박 날 것이에요. 장담할 수 있어요."

"뜻밖의 칭찬은 정말 감사합니다. 하지만 저는 태어나서 지금까지 한 번도 사랑이란 감정을 느껴본 적도, 그것과 가까운 삶을 살아 본 적도 없어서 자신이 없어요. 이런 분야는 노력해서 될 것도 아니잖아요."

"바로 그거예요! 당연히 노력으론 되는 게 없어요. 지금까지 당신이 해온 걸 봐요. 가슴 아픈 말이지만 다 실패했잖아요? 애초에 노력은 모든 사람이 다 할 수 있는 거예요. 그럼 세상에 성공과 실패란 게 왜 있겠어요? 세상은 그렇게 만만하지 않아요. 어설픈 노력만으론 안 된다는 거예요. 이현 씨는 감정을 전달하는 데 특별한 무언가가 있어요. 사랑해 본 적 없다고요? 시간이 없는 것도 아니고, 길 가다 아무나 붙잡고 사랑한다 말해요. 그리고 그 느낌을 글로 써요. 우리가 최고의 환경을 지원해 준다니까요?"

얼굴이 뜨거워졌다. 분명히 팀장의 말은 일리가 있었고 솔깃하기까지 했다. 하지만 자신이 없었다. 하고자 하는 의욕도 생기지 않았다. 그리고 어제 스스로 정한 '셀프 시한부'를 하루 만에 번복하기에 내 결심은 너무나도 확고했다.

몇 번의 실패의 쓴맛을 느껴본 결과 나는 글 쓰는 재능이 없다고 스스로 결론지었다. 안 될 일을 붙잡으면서 더는 실망하고 싶지 않았다.

핸드폰의 시계를 보니 3시 30분을 가리키고 있었다. 영화가 곧 시작하기에 더 이상 끌 시간이 없었다.

"팀장님 좋은 제안 감사합니다. 하지만 좀 더 생각해 보겠습니다. 이만 끊겠습니다."

"이현 씨, 꼭 마음 바뀌면 연락 줘요. 알았죠? 기다릴게요."

"네, 그럼요."

그럴 일은 없겠지만, 통화가 더 길어질까 봐 마음에도 없는 대답을 했다.

오랜만의 통화를 끝낸 뒤 비뚤어진 인형 탈을 머리에 제대로 맞췄다. 나는 지갑 속 얼마 남지 않은 천 원짜리 지폐 몇 장을 확인하고 나서 택시에 탔다. 버스나 지하철 외에 다른 교통수단을 이용하긴 처음이었다. 무엇보다 비쌌고, 돈이 없었으니까. 그런데 지금의 나는 생각이 조금 달랐다.

'어차피 죽을 건데 뭐 어때?'라는 마음이 나를 전혀 다른 사람으로 만들었다. 지금 이 기분이라면, 무엇이라도 할 수 있을 것만 같았다. 어차피 죽을 건데, 못 할 게 뭐야?

택시에 오르자 기사 아저씨가 백미러로 나를 쳐다본다. 경멸의 눈초리. 내게는 아주 익숙한 눈빛이었다.

"현대백화점으로 가 주세요."

나를 의심스러운 눈초리로 몇 초간 바라보다가 자기와는 별 상관없다는 듯이 무심하게 운전을 시작했다. 하긴 인형 탈을 쓰고 택시를 타는 사람은 나 말고는 없을 테니 의심스럽게 보는 것도 당연하다. 오랜만에 타는 자동차의 느낌은 새로웠다. 반쯤 열린 창문 사이로 시원하게 들어오는 바람, 그리고 가죽 시트에 그대로 전해지는 자동차의 덜덜거리는 진동이 나를 편안하게 만들었다.

죽는다는 것도 이렇게 편안할까? 하지만 그 편안함은 얼마 가지 못했다. 의외로 백화점은 집에서 가까운 곳에 있었다.

요금을 내고 택시에서 내린 뒤 내 눈에 비치는 광경에 나는 입을 다물 수 없었다. 백화점 입구에는 수십 명의 사람들이 명품으로 보이는 가방과 지갑을 들고 여유롭게 쇼핑을 하고 있었다.

유니폼을 입고 정중하게 인사하는 직원들과 행복한 표정으로 옷을 고르는 사람들. 내게는 그야말로 드라마에서나 보던 다른 세상이었다. 다시 태어난다면 초라한 내가 아닌 저런 사람들로 태어나고 싶었다. 나는 영화관으로 가기 위해 두리번거리며 안내표지판을 찾았다. 백화점 1층의 안내판에는 영화관이 5층에 있다고 쓰여 있었다. 하지만 너무 큰 인형 탈 때문에 엘리베이터는 탈 수 없었다. 나 때문에 못 탈 몇 명의 사람을 생각하니 감히 탈 수가 없었고, 사람들과 엮이기도 싫었다.

나는 마침 그 옆에 있던 에스컬레이터를 이용해 5층까지 올라갔다. 똑같아 보이는 매장들을 지나 에스컬레이터의 마지막 계단이 5층에 맞닿았다. 동시에 내 눈에 고풍스러운 영화관이 보였다.

영화관 내부는 예스러운 빨간색 벽돌로 이루어져 있었고, 검은 천장에 달린 주홍빛 조명 덕분에 정겨운 느낌이 들었다. 테이블에 앉아 담소를 나누는 연인들과 고소하고 달콤한 팝콘 냄새가 영화관을 제대로 찾아왔다는 듯이 나를 반겼다.

백화점 입구와 같이 영화관도 사람들로 붐볐지만, 가정집 같은 인테리어 때문인지 소란스럽기보다는 인간답고 정겹다는 느낌이 강했다.

계속해서 풍기는 고소한 팝콘 냄새 때문에 나는 참지 못하고 매점에서 팝콘과 콜라를 사버렸다. 곧이어 도착한 카드결제 문자를 보고서야 나는 정신을 차렸다. 통장에 남은 잔액이 얼마 없었다. 당장 죽을 게 아니라면 아껴야 했는데…. 충동구매를 하고 나서야 남은 돈이 얼마 없다는 것을 깨달았다. 한 달 동안 생활하기 위해서는 이제부터라도 아끼기로 했다.

맛있는 팝콘이 나왔다는 말과 함께 상영관은 6층에 있다는 영화관 직원의 안내가 들렸다. 상영관 앞으로 가자 영화를 기다리는 사람들과 유니폼을 입은 직원들이 보였다.

시곗바늘이 4시 20분에 가까워지자 부드럽고 감미로운 목소리의 여직원이 내가 예매한 영화의 입장이 시작되었다고 알려주었다. 영화를 기다리며 하나둘씩 앉아있던 사람들이 그녀에게 표를 보여주며 상영관 내부로 입장했다. 걱정과 달리 상영관 입장은 단순해 보였다. 나는 다른 사람들처럼 능숙한 듯이 예매한 영화 표를 여직원에게 보여주었고 입장하라는 그녀의 상냥한 목소리를 기다렸다. 표를 일일이 확인해 주던 그녀는 표와 내 얼굴을 한 번씩 번갈아 보더니 딱딱한 말투로 내게 말했다.

“저어, 고객님 인형 탈을 쓰고 들어가시는 건 조금 어렵습니다.”

다른 사람들과는 달리 내게 돌아온 대답은 ‘즐거운 관람 되세요.’나 ‘3관 입장하시면 됩니다.’ 같은 것이 아니었다. 탈을 쓰고는 들어갈 수 없다는 말에 정신이 얼얼했다.

인형 탈을 벗으면 분명히 이 여자도 놀라서 표정을 찡그릴 텐데….

그렇다면 그녀도 놀라버리고 나도 사람들의 반응에 상당히 불편할 수밖에 없었다. 나는 그녀에게 보이지 않게 심호흡을 했다. 이렇게 가까이서 여자에게 말하는 건 처음이었다.

"저기…, 제가 들어가서 벗을게요. 여기서 벗으면 안 될 것 같아서요."

"고객님 그래도 규칙상…."

'규칙이고 뭐고 내가 인형 탈을 벗으면 당신들도 징그럽다고 피할 거잖아요!'

나는 속마음을 애써 감춘 채 그녀의 목소리를 끊었다.

"저도 벗고 싶어요. 그런데 이거 벗으면 분명히 놀…."

"저희가 영화상영이 끝날 때까지 보관하고 있겠습니다. 인형 탈을 쓰고 입장은 안 됩니다."

표를 검사해주던 여직원 옆에 서 있던 다른 직원이 빨리 탈을 벗으라는 듯 짜증 섞인 목소리로 내 말을 끊었다. 얼핏 내 말을 끊은 직원이 그녀에게 "그냥 안 된다고 해."라고 속삭이는 걸 들었지만, 불친절을 따지고 드는 건 내 성격에 맞지 않았기에 그냥 넘어가기로 했다. 나는 인형 탈을 잡은 채 내 말을 끊은 직원을 노려보며 또박또박 말했다.

"제 말을 끝까지 듣고 상영관 안에서 자율적으로 벗도록 해주는 게 더 좋았을 텐데…. 제가 이 답답한 걸 왜 쓰고 있었는지 보여드릴게요."

말이 끝남과 동시에 나는 인형 탈을 번쩍 들어 올렸다. 영화관의 시원한 공기가 들어오면서 답답했던 내 얼굴을 상쾌하게 적셔 주었다. 하지만 표정을 찡그리며 슬금슬금 뒤로 피하는 직원을 보니 그의 기분을 상쾌하게 해주진 못한 것 같았다.

'그것 봐, 내가 뭐랬어?'

나는 그 옆에 있던 여직원도 놀라게 해줄 심산으로 그녀 쪽으로 고개를 확 돌렸다. 그런데 내 예상과는 다르게 그녀는 아주 온화한 표정으로 내게 말을 건넸다. 전혀 놀란 기색도, 표정의 변화도 없었다.

"고객님, 불편하게 해드려서 죄송합니다. 영화 다 보신 다음 나오실 때 찾아오시면 돌려드리겠습니다."

'왜 놀라질 않는 거지? 내 얼굴이 징그럽지 않나?'

처음 겪어보는 이상한 일이었다. 그녀는 내 얼굴을 똑바로 보고서도 놀라지 않았다. 혹시나 두려운 표정을 애써 감추고 있는지 알아보기 위해 그녀 얼굴을 똑바로 바라봤다. 그녀의 머리가 내 가슴 쪽에 간신히 닿는 정도였기에 시선을 상당히 아래로 내려야 했지만, 그 정도 불편은 감수하기로 했다.

순간 서로의 눈빛이 겹쳤다. 그녀가 날 올려다보고 있었다. 하지만 그녀는 용케 놀란 표정도 전혀 징그러워하는 기색도 내보이지 않았다. 내가 인형 탈을 벗어줘서 다행이라는 표정으로 귀엽게 눈웃음 짓고 있었다.

"아무렇지도 않아요? 제 얼굴을 보고도?"

"네?"

"제 얼굴이 징그럽지 않아요?"

사실 끝까지 추궁해서 대답을 듣고 싶었다. 하지만 천진난만한 표정으로 나를 바라보고 있는 그녀를 보니 더 이상 묻지 않아도 될 것 같았다. 처음으로 나를 보고도 웃어주는 사람을 만나다니….

처음 느껴보는 기분이었다. 다른 사람의 호의라는 게 책에서만 읽던 것이었는데, 실제로 겪어보니 나쁘지 않았다. 나같이 초라하고 보잘것없는 사람에게도 웃어주는 그녀가 고마웠다.

Episode 2.

운명이 버린 여자

2015년 10월 23일 오혜린

언제부턴가 슬픔이 당연하게 느껴졌다. 길을 걷다 들리는 모든 노랫말이 나에 관한 것처럼 들렸다. 누가 찌르기도 전에 울컥 눈물이 났다. 밥을 먹을 때나 옷을 입을 때 혹은 부모님과 같은 냄새가 나는 사람이 지나갈 때면 항상 눈물이 났다.

안면실인증은 부모님이 교통사고로 세상을 떠난 후 내게 남겨준 유일한 선물이었다.

"스물다섯 번째 생일이었어요. 그저…. 그저 같이 놀러 가고 싶었을 뿐이었어요. 같이…."

아랫배에서부터 뜨거운 무언가가 울컥 솟아오른다. 2년째 받는 심리상담이었지만, 늘 같은 곳, 같은 대목에서 무너진다. 상담사는 파르르 떨고 있는 내 손을 꽉 잡아준다. 한결 마음이 편안해진다.

"부모님이 돌아가시고 혜린 씨는 다치기만 한 게 속상하고 마음이 아픈가요?"

상담사는 벨벳같이 부드러운 목소리로 나한테 질문을 건넨다. 지금까지 들은 저 말만 수십 번째였다. 다음으로는 '돌아가신 부모님의 몫까지 열심히 살면서 안면인식장애를 극복하는 것이 하늘에 있는 부모님의 바람 아니겠어요?'라고 하겠지.

"일 때문에 오늘은 이만 가 볼게요."

나는 상담사의 말을 더는 듣고 싶지 않았기에 자리에서 일어났다. 거친 옷소매로 흘러내리는 눈물을 슥 닦는다. 시계를 보니 오후 2시에 가까워지고 있었다. 서둘러 내가 일하고 있는 영화관으로 발길을 돌렸다.

2년 전 교통사고로 부모님을 잃고 난 뒤 나는 뇌 손상으로 인해 사람들의 얼굴을 알아볼 수 없는 병에 걸렸다. 처음에는 의사가 금방 나아질 거라고 괜찮다고 했지만, 그 말이 거짓말이었다는 사실을 알아차리기까지 오래 걸리지 않았다.

항상 나를 반겨주던 부모님의 얼굴이 아직까지 생생하게 기억난다. 그런데 내 방에 놓여 있는 가족사진을 보면 정말 우리 엄마가 맞는지, 다른 사람은 아닌지 알아볼 수 없어졌다. 자신을 낳아준 부모를 알아보지 못한다는 거, 사랑하는 사람들을 알아볼 수 없다는 게 얼마나 슬프고 가슴이 무너지는 일인지 사람들은 잘 모른다.

병이 생긴 후에도 부모님이 유일하게 남기고 간 빚 때문에 일을 그만둘 순 없었다. 혹시라도 많은 사람의 얼굴을 본다면 조금이라도 나아지지 않겠느냔 생각으로 영화관에서 일하게 됐지만, 수만 명의 얼굴을 보아도 전혀 나아지는 것은 없었다.

• • •

직원전용 탈의실에서 유니폼으로 갈아입는다. 다른 직원들의 유니폼에 달린 직원 명찰만이 내가 그들을 알아볼 수 있는 유일한 기억이다. 이제 막 치마를 입으려는 순간 탈의실로 누군가 뛰어들어온다.

"혜린 님 오랜만이에요. 아직 안 늦었죠?"

헐레벌떡 뛰어들어온 그녀는 거친 숨소리와 함께 내게 인사한다.

누구지? 그녀가 유니폼으로 갈아입을 때까지는 누군지 확인할 방법이 없기에 나도 아는 척 그냥 밝게 인사한다.

"네. 반가워요. 아직 5분 정도 남았어요. 천천히 갈아입으세요."

"아, 그래요? 괜히 뛰어왔네. 엘리베이터가 고장이 났지 뭐예요. 그래서 늦을까 봐 계단으로 올라오는데 얼마나 숨이 차던지. 휴우."

그녀가 옷을 갈아입었다. 나는 '최선미'라고 쓰여 있는 명찰을 확인한다. 영화관 근무 첫날 내게 일을 알려주던 선미 씨다. 문득 그녀가 별다른 목표는 없지만, 많은 남자를 사귀고 싶어서 영화관에서 일한다고 말했던 게 생각난다.

"혜린 님, 오늘 끝나고 영화관 사람들이랑 회식 있는데 어때요? 같이 갈래요?"

선미 씨가 기대에 찬 표정으로 내게 묻는다. 나는 대답 없이 그저 밝은 척 웃는다.

"하긴, 일 년 내내 거절만 하는 혜린 씨가 오늘은 갈 거라고 생각 안 했어요. 그런데 혜린 씨는 밥을 누구랑 먹어요? 진짜 궁금하다. 한 번도 다른 사람이랑 같이 먹는 걸 못 봤는데."

"저요? 혼자 먹는 걸 좋아해요."

"이해가 안 돼요. 혜린 씨도 가끔은 회식도 하고, 노래방도 가고 스트레스를 풀어야죠. 그러다 병나요, 병."

"괜찮아요. 익숙해서."

선미 씨는 안쓰럽다는 표정으로 나를 쓱 쳐다본 후 탈의실을 나간다. 매번 거절하면 기분 나쁠 만도 한데, 전혀 그런 내색 없이 항상 물어봐 주는 그녀가 고맙기도 했다. 누구랑 같이 밥을 먹는다는 건 내겐 아직 어려운 일이다. 맛있는 걸 먹다가도 툭 건드리면 언제 눈물이 흐를지는 나도 잘 모른다. 아무리 착한 사람이라도 밥 먹다가 우는 진상에게 따뜻한 눈빛을 보내기엔 무리라는 걸 잘 알기에 나는 늘 거절했다. 사실 별로 내키지도 않는다.

사무실에선 간단한 조회를 마치고 직원들이 각자의 위치로 흩어졌다. 오늘 내 포지션은 표를 검사하는 수표였다. 움직임도 제일 적고, 사람들도 많이 만날 수 있는 곳이라서 평소 좋아하는 포지션이었다. 상영관이 있는 6층에 올라서자 멀리서 희미하게 다른 직원의 형태가 보인다. 멀리 있어서 이름표를 볼 수 없지만, 직원 중에 커다란 덩치의 남자는 한 명밖에 없었다. 딱 봐도 내가 제일 싫어하는 강하늘 님이었다.

커다란 실망감에 입술이 축 처진다. 오늘도 하루 종일 반말과 함께 다른 직원들을 험담하는 투정만 부리겠지.

하늘 님의 이름표가 보일락 말락 할 정도의 거리가 되자 그가 나를 알아보고 손을 흔든다. 나도 내키진 않지만 밝게 웃으며 인사한다.

"어, 왔어? 네가 입장 좀 받아봐. 계속 혼자 하고 있었더니 목이 아파서 못하겠어."

그가 험상궂은 얼굴로 혓바닥을 이리저리 굴리며 내게 말한다. 하늘 님인 걸 확인했을 때부터 어느 정도 예상했던 일이다.

말도 섞기 싫었기에 나는 대답 대신 어색한 미소를 짓는다. 차라리 속 편하다. 나보다 한 살 많다고 반말과 함께 남 험담을 듣는 것보단 손님들의 표를 확인해 주면서 집중하는 게 백 배는 나으니까.

새로 개봉한 영화들이 인기가 많은지 오늘따라 영화관이 더욱 붐볐다. 로맨스 영화가 개봉해서 그런지 특히 오늘따라 연인 단위로 오는 손님들이 많았다. 근무하는 동안 한두 명씩 시간이 다르거나 영화관이 다른 표를 가져오는 손님들을 빼고는 별다른 일도 없었다.

가장 인기 있는 영화의 입장이 끝나자 가족이나 연인끼리 보러 왔던 사람들은 어느새 모두 사라지고 붐볐던 영화관 안에는 다음 영화를 기다리는 몇몇 손님만 남았다. 그때 커다란 인형 탈을 쓴 사람이 눈에 보였다. 탈을 쓴 사람은 불안한 듯이 몸을 이리저리 움직이며 한 자리에 있지를 못했다.

'인형 탈을 쓰고 상영관에 들어가면 안 될 텐데….'

다른 고객들의 입장을 받는 도중에도 나는 계속해서 돌아다니는 인형 탈에서 눈을 뗄 수가 없었다. 수많은 사람 속에서도 내가 유일하게 얼굴을 알아볼 수 있는 사람이라 그런 건 아니었다. 그저 저런 사람은 처음이었기에 신기하기도 했고 걱정되기도 했다.

'설마 저 상태로 표를 검사받으러 오지는 않겠지. 그래, 그냥 이벤트 회사에서 나온 인형 탈 아르바이트일 거야.'

그런데 이상하게 그 사람이 쭈뼛쭈뼛 나를 향해 걸어온다. 그러더니 자신의 핸드폰을 들어 영화 '뷰티인사이드'의 표를 내게 보여준다. 나는 당황한 기색으로 고개를 돌려 강하늘 씨를 쳐다본다.

'이럴 땐 어떻게 해야 하죠?'라는 눈빛으로 조심스럽게 도움을 청했다. 그는 내게 '벗으라고 해!'라는 표정으로 짜증을 내듯이 노려본다. 나는 어쩔 수 없이 최대한 웃는 얼굴로 탈을 쓰고 들어갈 순 없다고 조곤조곤 말한다.

"저기…, 제가 들어가서 벗을게요. 여기서 벗으면 안 될 것 같아서요."

벨벳같이 부드러운 남자 목소리인 그는 나의 만류에도 불구하고 정중하게 한 번 거절했다. 늘 있는 일이었다. 평소 같았으면 그냥 들여보내 줄 수도 있었다. 하지만 오늘은 하늘 님이 옆에 있다. 어떤 잔소리를 들을지 몰랐기에 나는 한 번 더 얘기한다.

"그래도 영화관 내 규칙상 탈을 쓰고 입장하시는 건 어렵습니다."

"저도 벗고 싶어요. 그런데 이거 벗으면 분명히 놀…."

옆에서 가만히 지켜보던 하늘 씨가 그 남자의 말을 끊는다.

"저희가 영화상영이 끝날 때까지 보관하고 있을게요. 인형 탈을 쓰고 입장은 안 됩니다. 아니면 환불을 하셔야겠네요."

얼핏 '그냥 안 된다고 하랬지!'라는 입 모양을 보았지만, 그냥 무시한다. 혹시라도 인형 탈의 남자가 하늘 님의 입모양을 보지 못했기를 바랄 뿐이다.

하늘 님의 말을 들은 남자는 이내 알 수 없는 말을 하며 인형 탈을 벗고 바닥에 내려놓았다. 그러자 어째서인지 하늘 님은 놀란 표정을 지으며 뒷걸음질을 친다. 아까와는 반대로 이제는 하늘 님이 내게 도움의 눈빛을 보낸다.

왜 저러지? 당장에라도 이유를 묻고 싶었다. 그런데 궁금할 겨를도 없이 갑자기 탈을 벗은 남자는 고개를 돌려 나를 쳐다본다. 나는 인형 탈을 벗어줘서 고맙다는 의미로 웃으며 인사했다. 그러자 그 남자는 내게 말한다.

"아무렇지도 않아요? 제 얼굴을 보고도?"

"네?"

"제 얼굴이 징그럽지 않아요?"

나는 무슨 의미로 하는 말인지 몰랐기에 궁금하다는 표정으로 고개를 갸우뚱 한 채 가만히 서 있었다. 남자는 몇 초간 뚫어지도록 나를 바라보더니 인형 탈을 내려놓고 몸을 휙 돌려 상영관으로 들어간다. 하늘 님의 반응과 남자의 행동 모두가 이상했다. 이해할 수 없었다. 나는 조심스레 겁에 질린 하늘 님에게 말을 건다.

"도대체 왜 그래요? 저 남자 유명한 사람이에요?"

"모… 못 봤어? 저 사람 얼굴에 있는 징그러운 흉터 말이야."

하늘 님은 겁에 질린 강아지처럼 벌벌 떨면서 말했다.

'흉터? 아!' 그 남자가 인형 탈을 쓰고 온 이유와 하늘 님이 겁에 질린 이유가 이제야 이해됐다. 순간 화가 치밀어 올랐다.

"아무리 그래도 고객님께 너무 실례되는 행동 아니었어요? 입 모양을 보기라도 했으면 어쩌려고 그러셨어요. 얼굴에 흉터가 있다 한들 티를 내면 안 되는 거잖아요."

"그래, 넌 사람들 얼굴 못 알아봐서 참 좋겠다. 못생긴 사람, 징그러운 사람 구별도 못 할 테니까 말이야. 안 그래?"

그가 내게 비꼬듯이 말했다. '내가 얼굴을 알아볼 순 없지만, 네가 제일 못생겼다는 것쯤은 잘 알아'라는 말이 목젖까지 올라오지만, 한 번 참는다.

"무슨 말을 그런 식으로 하세요? 지금 하늘 님이 잘했다는 거예요?"

"넌 몰라. 그 사람이 얼마나 징그럽게 생겼는지."

하늘 님이 날 무시하는 눈빛으로 노려봤다. 나도 최대한 눈을 부라리며 같이 노려본다.

이내 자기 혼자 씩씩거리더니 문을 쾅 닫고 휴게실로 들어간다. 솔직히 너무 어이가 없어서 따라가 따지고 싶었지만, 그러기엔 상영관의 입장을 볼 사람이 없었다.

이렇게 하늘 님이 처음부터 내게 쌀쌀맞게 군건 아니었다. 오히려 예전에는 부담스러울 정도로 내게 친절했던 적이 있었다.

별로 무겁지도 않은 걸 들고 지나간다든가, 진상 고객들을 마주했을 때 앞장서서 처리해주기도 했다. 그런데 어느 날 뜬금없이 그가 내게 고백을 했다.

영화관 마감을 하던 늦은 밤이었는데, 언제 퇴근했는지 내가 옷을 갈아입기도 전에 장미꽃을 한 다발 구해서 머쓱하게 내밀고 나를 지켜주고 싶다고 했다. 물론 그때는 의지할 곳이 필요해서 아무 연민에 흔들릴 수도 있었지만, 적어도 내가 좋아하는 색깔, 자주 듣는 음악도 모르고 결정적으로 꽃 알레르기가 있다는 걸 알지도 못하는 어색한 사람의 고백을 받아 줄 수는 없었다.

내가 아닌 어떤 사람이라도 갑자기 들이닥치는 모르는 사람의 뜬금없는 고백을 받아 줄 사람은 없을 것이다. 그때의 난 당황스러움과 일렁이듯 올라오는 재채기 때문에 도망가듯이 자리를 떠났다. 그 이후로 하늘 님은 나만 보면 심술궂은 아이처럼 굴었다.

* * *

길었다면 길고 짧았다면 짧은 6시간의 업무가 끝나고 퇴근하기 위해 사무실로 들어갔다. 사무실에는 휴게실로 도망갔던 하늘 님이 어느새 제일 먼저 퇴근해서 사람들을 기다리고 있었다. 왜 온 종일 일도 안 하고 쉬었으면서 퇴근은 제일 빨리하는지…. 염치마저 없는 그는 기분이 좋은지 싱글벙글 웃고 있었다.

조용했던 사무실 문이 열리고 퇴근하는 직원들이 하나 둘씩 들어온다. 맞다. 오늘 회식이 있다고 했지. 어쩐지 다른 날 같았으면 제일 먼저 집에 갔을 사람들이 복도에서 서성이고들 있었다.

그런데 이상하게도 한 사람이 무리에 어울리지 못하고 멀리 떨어져 가만히 서 있었다. 영화관 직원 중에는 저 사람과 비슷한 실루엣을 가지고 있는 사람은 내 기억 속에 없었다. 게다가 복장을 보아하니 분명 영화관 직원은 아니었다.

갑자기 누군가 나를 잡아당긴다. 그리고 익숙한 목소리가 내 이름을 부른다. 이건 분명히 선미 씨 목소리다.

"혜린 씨 저기 저 남자 보여요?"

선미 씨가 가리키는 곳엔 방금 혼자 떨어져 있던 남자가 보였다. 나는 왜 그러냐는 표정으로 어색하게 고개를 끄덕인다.

"저 무섭게 생긴 남자가 아까부터 지금까지 혜린 씨 만나려고 저러고 있다는 데 혜린 씨, 아는 사람이에요?"

나는 혹시나 하는 생각에 입술을 깨문다.

'설마 빚쟁이들이 여기까지 쫓아왔나? 분명히 이자는 꼬박꼬박 갚고 있는데….' 갑자기 심장이 쿵쾅거린다.

그런데 그가 나를 알아본 것일까? 점점 내 쪽으로 다가온다. 지금 다가오는 남자가 진짜 빚쟁이라면 나는 어떻게 해야 할까? 수만 가지 생각이 머릿속에 맴돈다. 그 남자가 회색 맨투맨 티를 입고 있는 게 보일 때쯤에 내 앞에 하늘 님이 나타났다.

"저거 아까 걔네."

걔? 하늘 님이 이해할 수 없는 말을 했다. 그리고는 그 남자를 향해 소리쳤다.

"아까 인형 탈 분명히 드렸잖아요. 예? 못 받았다고 항의하려고 온 겁니까?"

인형 탈? 순간 다행이라는 생각과 의문이 동시에 들었다. 아까 인형 탈을 쓰고 입장하려 했던 손님인 것 같았다. 빚쟁이가 아닌 건 다행이지만, 그 남자가 무슨 볼일이 있어서 나를 기다린 걸까?

남자는 하늘 님의 말에 아무 대꾸도 하지 않은 채 계속 나를 향해 걸어왔다. 그러자 하늘 님이 내 앞을 막아선다.

"저한테 볼일 있다고 오신 거예요. 하늘 님 하고는 상관없는 일이에요."

나는 내 애인이라도 되는 듯이 행동하는 하늘 님이 못마땅했다. 그리고 저 손님은 아까 하늘 님이 불친절하게 대했던 사람이라 불만제기를 하려고 기다렸을 수도 있는데 마치 위험한 사람인 양 취급하는 게 마음에 들지 않았다. 더 위험한 사람은 자기면서.

"저렇게 얼굴에 험악한 흉터가 있는 놈이 무슨 짓을 할 줄 알고 그런 말을 해? 다치면 어쩌려고?"

어이가 없어서 웃음이 나온다. 나는 하늘 님의 말을 무시한 채 그 남자를 향해 걸어가 물었다.

"안녕하세요. 아까 인형 탈 쓰고 오신 분이라고 하셨죠? 무슨 일로 절 기다리신 거예요? 혹시 인형 탈을 못 받으셨나요?"

그 남자는 쭈뼛거리며 수줍은 듯이 말한다. 그런데 무언가 불안한지 파르르 손을 떨고 있었다.

"아니요. 인형 탈은 버리고 왔어요. 이제는 필요 없을 거 같아서요. 저기…, 이 말 하려고 기다리면서 고민 많이 했어요. 괜찮으시다면 커피 한 잔…."

순간 나는 내 귀를 의심했다. 분명 내가 잘못 들은 게 아니라면, 오늘 처음 본 얼굴도 모르는 이 남자는 내게 커피를 마시자고 말했다. 당황스러움과 민망함에 미간이 저절로 찌푸려졌다.

10년 전에도 먹히지 않았던 '커피 한 잔 하실래요?'의 작업 멘트로 처음 보는 사람이 직장 동료들이 있는 곳에서 내게 그런 말을 했다. 구경거리가 된 것 같아 얼굴이 화끈거렸다. 왠지 옆에 서 있는 선미 씨를 비롯한 직장 동료들이 나를 향해 수군거리는 것 같았다.

'미안해요. 저 커피 못 마셔요', '죄송해요. 싫어요.' 둘 중 속으로 어떤 말로 거절을 해야 할지 망설이던 사이 불청객이 끼어든다.

"우리 혜린 씨는요. 영화관 사람들하고도 밥 한 끼 같이 안 먹는 사람인데, 당신 같은 사람하고 커피? 말이 되는 소리를 해야지 참."

하늘 님은 우쭐대며 잘했느냐는 표정으로 나를 쳐다본다.

'우리? 혜린 씨?' 언제부터 나랑 하늘 님이 '우리'가 된 거지?

기분이 몹시 나빴다. 그중에서도 아무 잘못 없는 이 남자, 아니 고객님께 너무 실례되는 말을 한 것 같아 화까지 났다. 나는 순간 머릿속이 하얗게 물들었다. 어찌해야 할지를 몰랐다. 직장 동료들은 지금 나를 보며 무슨 생각을 할까? 이 남자한테는 하늘 님을 대신해 내가 사과를 해야 하나? 머릿속이 복잡했다.

나는 은근슬쩍 하늘 님과 이 남자의 표정을 살펴봤다. 하늘 님은 내 남자친구라도 되는 것처럼 당당하게 서 있었고, 남자는 여전히 입술을 깨문 채 손을 파르르 떨고 있었다. 내가 어쩔 줄 몰라 하는 사이에 그가 다시 입을 열었다.

"태… 태어나서 누구한테 처음 이런 말 해보는 거예요. 제 얼굴이 징그럽고 꼴 보기 싫다는 거 누구보다 잘 알아요. 그런 저한테 처음으로 웃어 주신 분에게 커피 한 잔 사드리고 말도 해보고 싶었어요. 다른 뜻이 있다거나 그런 건 아니었어요. 그저 같이…."

하늘 님이 불쾌하다는 듯이 그의 말을 가로챈다.

"어유! 말은 참 잘하시네. 혜린 씨 얼굴 빨개진 것 좀 봐요. 싫다고 하잖아요. 계속 이러면 스토킹으로 신고합…."

이번엔 내가 하늘 님의 말을 끊었다.

"가요. 마시러 커피. 그런데 전 커피 싫어해요. 핫초코 괜찮아요?"

순간 마음에도 없는 소리가 입에서 나왔다. 속으로 '아차'했지만, 이미 돌이킬 수는 없었다. 자기가 내 남자친구라도 되는 것처럼 우쭐대는 하늘 님이 너무 꼴 보기 싫어서 실수를 저질렀다.

그래도 나한테 저 한 마디를 하기 위해서 몇 시간을 기다리면서 손까지 바들바들 떨며 말하는 사람인데, 나쁜 사람 같지는 않았다.

그 남자는 내 말을 듣고서야 떨리던 손이 멈췄다. 반대로 하늘 님의 얼굴은 아까의 내 얼굴처럼 붉으락푸르락 달아올라 있었다. 그러더니 아무 말도 없이 고개를 저으며 회식을 기다리는 동료들 사이로 터벅터벅 걸어간다. '쌤통이다' 나는 속으로 생각한다.

* * *

영화관을 벗어나 밖으로 나오니 날씨가 꽤 쌀쌀하다.

오후 9시. 둥글게 뜬 보름달에 낀 안개가 늦가을을 알리듯 머리 위에서 차갑게 일렁였다. 카페를 찾으며 이 남자와 아무 말 없이 걷기를 5분 째. 나는 어색함에 입술을 질근 깨문다. 어떡하지? 괜히 수락한 것 같은 기분이 든다.

'미쳤어 오혜린. 이름도 모르는 남자와 차를 마시러 가다니! 하는 수 없지. 내가 먼저 이 적막을 깨뜨리는 수밖엔.'

나는 고개를 돌려 그를 슬쩍 바라본다.

"저기…, 이름이 뭐예요?"

그러나 대답은 곧바로 들리지 않는다. 남자는 어려운 질문이라도 받은 듯이 한참을 머뭇거린다. 설마 자기 이름을 모르나? 나는 조심스럽게 그를 쳐다본다. 순간 눈을 마주칠 뻔했지만, 내가 시선을 흘려버린다.

"이현. 외자 이름이에요. 성은 이, 이름은 현."

"좋은 이름인데 왜 그렇게 망설였어요?"

"처음이거든요. 누군가가 정말로 궁금해서 내 이름을 물어봐준 건…."

"네?"

"지금도 보세요. 인형 탈을 벗고 걸으니까, 사람들이 저를 피해 다니잖아요. 우리 주변엔 아무도 없어요."

이현 씨의 말은 사실이었다. 이 비현실적인 어색함 때문에 나는 방금 전까지 사람들이 우리를 피해 다니는 걸 미처 알아차리지 못했다. 사람들은 짜기라도 한 듯 표정을 찌푸리며 이현 씨에게 거리를 두며 지나간다. 문득 궁금했다. 이현 씨 얼굴이 얼마나 징그럽기에 사람들이 피해 다니는지….

"그런데 아까 사람 얼굴을 알아보지 못한다고 하셨던 거 정말이에요?"

이현 씨가 물었다. 나는 솔직하게 대답한다.

"네. 분명히 한 사람의 얼굴인데도, 제 눈에는 지금까지 제가 봤던 모든 사람의 얼굴로 시시각각 변해서 보여요. 지금도 그렇고요."

"다행이네요. 제 얼굴에 있는 흉터도 못 보신다니까. 아까도 그래서 절 보고 웃으실 수 있던 거군요. 만약…."

"만약 제가 얼굴을 알아볼 수 있었어도 이현 씨를 보고 웃을 수 있었겠느냐고요?"

그가 정곡을 찔린 듯 움찔한다. 그리고선 알 수 없는 쓴웃음을 짓는다. 내가 안면실인증에 걸리지 않았다면, 다른 사람들이 피할 정도로 징그러운 외모를 가진 사람에게 쉽사리 웃으며 응대할 수 있었을지는 나도 잘 모르겠다.

"그럼요? 만약 제가 웃어주지 않았어도 이현 씨는 저를 기다리셨까요?"

"아마도 그건…."

그는 한숨을 푹 쉬더니 마지막에 '아니요'라는 말을 덧붙인다.

"그러면 저도 아니에요."

"네?"

"아마 저도 웃어드리지 못했을 거예요. 그래도 어찌 됐건 지금은 같이 차 마시러 가고 있잖아요. 안 그래요?"

"하하… 그러네요."

"깊게 생각하지 마요. 그냥 그럴 운명이었…."

갑자기 심장이 내려앉고 정신이 얼얼해진다. 실수였다. 내 입에서 나온 '운명'이란 말에 순간 눈물이 차오른다. 내가 제일 좋아하면서도 싫어하는 그 말. 내 모든 것을 앗아가 버리고 핑계대듯이 툭 튀어나온 그 말. 다시는 쓰지 않기로 했었는데….

"추워요? 갑자기 많이 떠시는 거 같아요."

"아니에요. 하품이 나와서 그랬어요. 제가 말한 카페가 여기에요."

나는 들키지 않으려고 일부러 과장된 손짓을 했다. 그곳에는 '디미누엔도'라는 백색 형광 간판이 걸려 있는 카페가 있었다. 내가 예전부터 자주 애용하는 카페였다. 15평 남짓한 아담한 크기의 내부에 잔잔한 클래식 음악 소리, 비 온 뒤 산책할 때 나는 나무 향기가 나를 무척이나 편안하게 해 주는 곳이었다.

이현 씨도 마음에 들었는지 나무로 된 벽을 이리저리 만진다. 우리는 소담스런 화분에 솔체꽃이 피어 있는 창가 자리로 들어가 앉았다.

"저는 핫초코 마실 거예요. 이현 씨는요?"

"같은 거로 할게요."

"좋은 선택이에요. 여기는 핫초코가 제일 맛있거든요."

나는 자리에서 일어나 핫초코를 주문했다. 이현 씨는 계산은 자기가 한다면서 계산대로 다가와 카드를 내밀었지만, 이미 계산은 내가 한 뒤였다.

"제가 산다고 다른 오해는 하지 마세요. 원래 얻어먹는 거에 취미 없거든요."

얼마 지나지 않아 머그잔에 담긴 달콤한 초콜릿 향이 나는 음료 두 잔이 나왔다. 다른 곳에 비해 초콜릿이 좀 더 진하고

양이 많은 게 이 카페의 특징이었다.

나는 자리에 앉아 뜨거운 핫초코를 후후 불며 한 모금 들이켰다. 입술에서부터 전해져 오는 뜨겁고 달달한 액체가 입안을 가득 감싼다. 달콤함에 나도 모르게 웃음이 난다. 역시 쓴 커피보다는 달달한 핫초코가 더 좋았다.

"그래서요? 저를 기다린 이유가 뭐예요?"

내가 단도직입적으로 묻는다. 분명히 다른 남자들 같았으면 자기는 관심도 없는 내가 좋아하는 음악이나 영화를 물어보면서 대답도 듣지 않은 채 술이나 마시러 가자고 했을 텐데 이번에는 분위기가 달랐다. 이현 씨는 창밖을 바라보면서 핫초코만 마실 뿐 별다른 질문은 없었다. 뭐 하는 사람일지 궁금하기도 했다.

'이 남자는 할 말도 없으면서 왜 나한테 차를 마시자고 한 걸까?'

그는 김이 모락모락 나는 핫초코를 두 번 '후후' 불더니 한 모금 마시고 내려놓는다. 처음부터 평범한 사람은 아닌 것 같은 느낌이 들었다. 그의 작은 손짓 하나에도 쉽게 느낄 수 있었다. 이현 씨는 사회성이 결여된 사람이라는 걸.

상상해 보았다. 내가 징그러운 흉터를 가지고 살아왔고, 사람들과 어울리기 힘들었다면 어땠을지. 내게는 잠깐의 상상조차 괴로운 일이었다. 지금 이현 씨의 태도를 조금이나마 이해할 수 있었다.

그는 한동안 대답이 없었다. 혹시 내가 할 말이 없게 만드는 질문을 했나? 나는 괜스레 미안해진 마음에 애꿎은 입술을 깨문다.

"처음이에요. 지금 일어나는 일 모든 게."

상당한 시간 끝에 나온 이현 씨의 말은 이해하기 어려웠다. 모든 게 처음이라니? 나는 궁금하다는 듯 눈을 크게 깜박였다.

"저는 지금까지 살아오면서 모든 사람의 삶은 다 저와 비슷한 줄 알았어요. 모든 부모는 자식을 때리고 힘들게 하는 사람인 줄 알았고, 사람이 배고프고, 춥고, 외로운 건 당연한 줄 알았어요."

"네? 그게 무슨…."

"부모님이 돌아가시고 보육원에서 자랐어요. 얼굴에 이 흉터는 아버지가 만들어 준 거예요. 참 나쁜 사람이죠. 자식에게 유일하게 남겨준 것이 흉터라니…."

본의 아니게 이현 씨의 말을 듣다 보니 자꾸 연상되는 사람이 있어 눈시울이 점점 뜨거워진다. 부모님. 엄마. 아빠. 2년이나 흘렀지만, 아직도 내게는 힘들고 아픈 이름이었다. 하지만 무릎을 꼬집으며 꾹 참는다.

"어린 시절에 받은 상처 때문에, 그리고 흉터 때문에 그냥 그렇게 살아왔어요. 평생을 외톨이로 말이에요. 그 누구도 저한테 한 번 웃어주지 않았고, 저도 웃어본 적이 없어요. 그런 제가 유일하게 할 수 있는 거라곤 글을 쓰는 거예요. 근데 그것마저도 잘 안되니까… 정말 너무 힘들어서…. 세상에서 도망치듯이 나왔는데, 오늘 누군가 웃어주는 거 있죠? 그래서 그랬어요. 정말 좋아서. 특별해서. 같이 얘기하고 싶었어요. 미안해요. 같이 차 마시자고 해서."

그의 말에서 진심이 느껴졌다. 여태까지 겉모습만 보고 내게 접근해온 남자들과는 달랐다. 적어도 오늘만큼은 나는 이현 씨에게 특별한 사람이었다.

하지만 왜 하필 나일까. 지금의 난 누군가에게 위로해 줄 수도, 받을 수도 없는 부족한 사람이었다.

갑자기 슬퍼진 분위기에 '참 안됐군요.', '많이 힘들었겠어요.' 등 전혀 힘이 되지 않는 위로들이 떠오른다. 어떤 말을 해야 할지 망설이다가 그냥 포기한다.

"어쩐지 아까부터 말을 잘하시던데요? 나는 또 작업 거는 선수인 줄 알았지 뭐예요. 멋있어요. 글 쓰는 사람이라니. 어떤 걸 쓰시는 거예요? 소설? 시?"

분위기 전환을 위해 일부러 목소리 톤을 한껏 높여 질문한다. 뜬금없는 내 농담에 그는 살짝 미소 짓는다.

"소설가예요. 안 팔리는 책 전문이에요."

그가 맞받아준 농담에 나도 수줍게 웃는다. 덕분에 고조된 분위기가 한껏 내려앉았다. 나는 핫초코가 든 머그잔을 들고 창밖을 바라봤다. 이제는 조금 식어서 컵이 적당히 따듯했다.

마음이 편안해졌다. 오늘 처음 보는 사람하고 마시는 차는 생각보다 나쁘지 않았다. 지금은 왠지 내가 친구에게도 직장 동료에게도 하지 못한 말들을 이현 씨에게는 할 수 있을 것만 같았다.

'갑자기 기분이 왜 이러지? 같은 아픔을 가진 사람을 만나서 그런 걸까?'

2년 전 장례식장에 주저앉아 목 놓아 울고 있는 내 모습이 떠올랐다. 나는 머그잔을 내려놓고 크게 한 번 심호흡했다. 내게도 같은 아픔이 있고, 당신은 혼자가 아니라는 걸 말해주고 싶었다. 그리고 그때의 나에게 위로해 주고 싶었다.

"저도 2년 전 부모님을 떠나보냈어요. 스물다섯 살이 되는 생일이었죠. 매년 가족끼리 가는 여행이었는데, 그날이 마지막이 될 줄은 몰랐어요. 고속도로에서 술에 취해 운전하는 트럭을 피하려다…."

그때의 생각에 잠깐 목이 메었다. 과연 내가 끝까지 말을 이을 수 있을까? 나는 고개를 푹 숙인 채 집중했다.

'그래. 슬픈 생각은 하지 말자.'

"아빠는 제가 다칠까 봐 일부러 차를 돌려서 부딪혔어요. 다 같이 살 수 있었던 건데…. 그리고 그게 제가 본 마지막 아빠의 모습이었어요."

"아…."

"그때부터 충격으로 사람들의 얼굴을 구분하지 못했어요. 내가 알던 사람들, 친구들, 심지어는 부모님의 사진을 봐도 알아볼 수가 없었어요. 너무 슬픈 거 있죠? 저도 처음이에요. 이렇게 아픔을 공감할 사람을 만났다는 건. 고마워요. 같이 차 마시자고 해 줘서."

그리고 우리 둘은 한동안 침묵으로 대화했다. 하지만 전혀 어색하지 않았다. 오랜만에 만난 친구처럼 편안하고 어색하지 않았다.

그는 고개를 돌리더니 그윽한 눈빛으로 창밖을 바라봤다. 나도 그의 시선을 따라갔다. 밤하늘에는 아까랑 똑같은 달이 떠 있었다. 달의 위치도, 크기도, 주변의 별도 그대로다. 그런데 왠지 모르게 아까보다 훨씬 밝아 보였다.

"소설 장르가 뭐예요?"

내가 물었다. 문득 궁금했다. 글을 쓰는 사람이라니, 나는 정말 신기하고 멋있어서 그저 아무 생각 없이 가볍게 툭 던진 질문이었다. 그런데 이현 씨는 상당히 고민하는 눈치였다. 자신이 쓰는 글의 장르도 헷갈리는 것처럼 '음'이라는 말만 되풀이한다. 그는 한동안 부끄러운 듯이 나와 머그잔을 번갈아 쳐다보더니 입을 열었다.

"사실 잘 모르겠어요. 처음엔 그저 어렸을 적 제 인생을 그대로 글로 쓰고 싶었어요. 역경을 딛고 살아가는 한 소년의 이야기. 결말은 언제나 해피엔딩."

"그러면 자서전을 소설 형태로 쓴 거예요?"

"그건 아니에요. 제가 겪은 일들을 그대로 쓰긴 하지만, 제 소설의 주인공들은 끝에 항상 웃거든요. 그런데 저는 한 번도 웃어본 적이 없어요. 참 웃기죠?"

"아니요. 하나도 안 웃겨요. 정말이에요."

"출판사들은 항상 저한테 이런 말을 해요. '글에서 감정이 느껴진다.', '상황이 눈앞에 생생하게 그려진다.'나 뭐라나."

이현 씨는 코맹맹이 소리를 내며 그들을 우스꽝스럽게 흉내냈다. 순간 나는 웃음이 터져 나왔다.

"그런데 있잖아요, 하나같이 다 출판을 거절해요. 로맨스가 없다면서 이건 상업용 소설이 아니래요. 굶어 죽기 딱 좋은 자기만족 소설이래요."

"그러면 로맨스 소설을 쓰는 것도 괜찮지 않아요? 글에 감정을 살릴 수 있는 특기가 있다면, 정말 잘 맞을 것 같은데."

"아니요. 전 못해요."

"왜요?"

"경험하지 못한 것은 생생하게 쓸 수가 없거든요. 그래서 제 소설 주인공들은 친구도 없고 가족도 없어요."

"아! 그러면 그 소설 정말 재미없겠다."

나는 일부러 장난스럽게 그를 놀린다. 그러자 그는 갑자기 실망한 목소리로 한숨을 쉬더니 고개를 푹 숙인다. 그 모습이 정말 웃겼다.

"그 재미없는 소설 제가 사서 읽어볼게요. 끝까지 다 꼼꼼히 읽을 거예요. 원래 책 읽은 걸 좋아하거든요. 이렇게 직접 만난 작가의 책을 읽으면 재밌을 것 같아요. 꼭 읽을게요."

내가 빙긋 웃으며 말했다.

"아니에요. 읽지 마세요."

"네? 왜요?"

"음… 그러니까, 그게…."

내가 다시 묻는다.

"왜 그래요?"

"생각해 보니까 정말 재미없는 책들이에요. 그런 책들을 혜린 씨가 읽는다고 생각하니까 부끄러워요."

"아닌데요? 충분히 멋있는데 왜…."

"아니에요. 정말 읽지 마세요. 방금 생각난 건데, 새로 쓰고 싶은 글이 생각났어요. 완성되면 제일 먼저 혜린 씨 보여드릴게요."

그러더니 이현 씨는 급한 일이라도 있는 사람처럼 벽에 걸려 있는 시계를 힐끔 쳐다본다. 정말 알다가도 모를 사람이었다.

'설마 내가 재미없는 책이라고 해서 기분이 상한 건가? 난 순전히 장난이었는데…. 정말로 상처받은 거라면 어떡하지?'

마음이 좋지 않았다. 나는 애꿎은 입술을 물어뜯으며 손가락을 굴린다. 그런데 이현 씨는 자꾸만 벽시계를 바라본다.

"어디 가야 돼요?"

내가 조심스럽게 묻는다.

"그게… 고양이 밥 줄 시간이거든요. 시간이 많이 늦기도 했고 혜린 씨랑 대화하는 게 정말 좋은데, 오늘은 이만 가 봐야 할 것 같아요. 혹시 실례가 안 된다면 다음에도 같이 얘기할 수 있을까요? 아! 다음에는 제가 방금 떠오른 소설도 조금 써 올게요."

상처받은 건 아니구나. 다행스러운 마음에 나는 속으로 가벼운 미소를 지었다.

"아! 정말요? 기대해도 되는 거예요?" 내가 말한다.

"아, 아니 기대까지는…."

"그래요? 그럼 엄청 기대해야겠다! 저도 오늘 고마웠어요. 요즈음 많이 힘들었는데, 이현 씨랑 얘기하는 게 뜻밖의 치유가 된 것 같아요. 조심히 가요."

그는 일어나서 가볍게 인사하더니 바쁜 일이라도 생긴 사람처럼 밖을 향해 급하게 뛰어나간다. 그런데 그 모습이 우스꽝스러워 나는 또 한 번 웃음이 터졌다. 여러모로 재밌고 좋은 사람 같았다. 단둘이서 만난 남자와의 대화도 오랜만이었지만, 대화 주제에 술, 담배, 여자가 없는 남자를 만난 것도 처음이었다. 그런데 만약 내가 안면실인증에 걸리지 않았다면, 이렇게 이현 씨와 대화할 수 있었을까? 아니 반대로 지금처럼 이현 씨가 내게 먼저 다가와 줬을까? 그러다가 나는 잠정적으로 결론짓는다.

'그래, 어떻게 됐건, 어떻게 되건 운명이었겠지.'

Episode 3.

남자에게 장난처럼 다가오던

2015년 10월 23일 이현

나는 서둘러서 카페를 뛰쳐나왔다. 심장이 터질 것만 같았다. 머리는 어지러웠고, 얼굴은 화끈거렸다. 내가 여자와 대화를 하다니…. 평생 상상도 하지 못한 일이었다. 내가 무슨 말을 했지? 너무 당황해서 횡설수설한 건 아닐까? 왜 거기서 내 신세 한탄을 했을까. 아마도 혜린 씨는 다시는 날 만나고 싶어 하지 않겠지.

"어휴." 조금 전 생각에 절로 한숨이 나왔다.

토비 밥을 준다며 핑계를 대고 나오긴 했지만, 아직도 혜린 씨 얼굴이 머릿속에서 아른거린다. 어깨까지 내려온 긴 생머리, 조그맣고 하얀 얼굴에 반달 같은 눈. 너무 떨려서 똑바로 바라보진 못했지만, 곁눈질로 흘겨봐도 한눈에 알 수 있었다. 그녀는 정말 미치도록 예쁘다는 걸.

꾸미지 않았는데도 수수하면서 아름다웠고, 그동안 TV에서 봐왔던 어느 연예인보다 더 눈부셨다. 그런데 이제는 두 번 다시 볼 수 없겠지. 세상에 누가 이렇게 자신을 비하하고 불우한 환경에 있는 남자를 만나고 싶어 할까? 게다가 나는 얼굴에 징그러운 흉터도 있는 부족한 사람이었다.

급하게 나오느라 연락처조차 얻지 못했다. 게다가 나는 그곳에 다시 돌아갈 용기도 없었다. 계속되는 고민에 힘이 쭉 빠진 나는 내가 사는 허름한 임대 아파트가 있는 곳으로 터벅터벅 걸어갔다.

끊임없이 머릿속에 그녀가 떠오르고 심장이 뛰었지만, 내 신세를 생각하며 고개를 저었다. 그런데 문득 이런 생각이 들었다.

혹시 내가 사랑에 빠진 건 아닐까? 사랑이 이런 느낌인가? 분명히 내가 읽었던 책에서 사랑은 그 사람을 생각만 해도 가슴이 두근거리고, 행복하다고 했는데 이건 정 반대잖아.

전혀 행복하지 않았다. 오히려 그녀 생각에 미쳐버리겠고, 가슴이 두근거리는 게 아니라 심장이 너무 뛰어서 폭발해버릴 것만 같았다. 누군가 조언해 줄 사람이 필요했다. 지금 내가 유일하게 전화를 걸 수 있는 사람은 단 한 명뿐이었다.

나는 서둘러서 아침에 연락받았던 출판사 팀장에게 전화를 걸었다. 잠시간의 연결음 끝에 곧 낯설지 않은 "여보세요."가 들렸다.

"늦은 밤에 죄송합니다. 팀장님. 아침에 전화 주셨던 이현인데, 기억하세요?"

"아, 그래요. 이현 씨 결정 하시고 연락 주신 거예요?"

"그게…."

"숨은 또 왜 그렇게 헐떡여요? 무슨 일 있어요?"

팀장님의 차분한 목소리를 듣자 마음이 조금 진정됐다. 그런데 지금 내 상황을 어떻게 설명해야 할지를 몰랐다.

"음…. 어디부터 설명해야 할지…. 그게 오늘 영화를 보러 갔는데, 거기서 어떤 여자를 만났어요. 팀장님은 잘 모르시겠지만, 전 얼굴에 징그러운 흉터가 있어서 사람들은 다 절 피하는데 그녀는 달랐어요. 음 그래서 정말 기뻐서 차를 마시자고 했는데 그녀가 또 같이 가 줬고…."

너무 빨리 말했던 탓인지 숨이 찼다. 숨을 고를 시간이 필요했다. 몇 초간의 정적이 흐른 뒤 팀장님은 계속 듣고 있다는 표시로 "네."라고 대답해 주었다. 나는 호흡을 가다듬고 다시 말을 이었다.

"그러니까 한 여자를 만났는데, 지금 심장이 터질 듯이 뛰고, 방금 헤어졌는데 또 보고 싶고, 혹시나 실수하지 않았는지 하는 생각에 걱정돼서 괴롭고 힘들어요. 계속해서 그녀가 눈앞에 아른거려요."

"음. 그걸 글로 쓰고 싶고 계속 생각나고 그래요?"

"네. 그녀를 보자마자 그녀에 대해서 글을 쓰고 싶었어요. 아! 근데 그게 문제가 아니고…. 혹시 제가… 사랑에 빠졌나요?"

"아마도…. 아니, 확실히 그런 것 같네요. 부러워요. 그런 사람을 만났다는 게. 준비됐으면 지금 느낌 그대로 글을 쓰는 거예요. 바로 계약할까요? 당장 계약금도 드릴 수 있어요. 이현 씨만 확고하다면, 최고의 환경을 만들어 줄 테니까."

약간 이상했다. 팀장님은 왜 이렇게 나한테 소설을 쓰게 하려고 안달일까? 그런데 그런 건 별로 상관없었다. 그래, 어차피 이렇게 된 거 할 만큼 해보고 싶었다. 아까 소설을 보여주겠다고 혜린 씨에게 약속도 했잖아? 더 이상 망설일 것도 없었다.

아침까지만 해도 불가능할 일로 생각했던 로맨스 소설을 왠지 지금은 쓸 수 있을 것만 같았다. 아니, 지금 이 감정을 어디에라도 쓰고 싶어서 미칠 것 같았다. 그런 나에게 지금 팀장님의 제안은 달콤한 꿀처럼 들렸고, 내 머릿속에 후벼 들었다. 나는 확신에 찬 목소리로 대답했다.

"당장 계약해요."

* * *

'쾅!' 하는 소리와 함께 노트북이 탁자에서 떨어졌다. 순간 정신이 번쩍 들었다. 눈을 비비고 살펴보니 다행히도 노트북에 고장이 난 곳은 없어 보였다. 소설을 쓰기 위해 밤을 꼬박 새운 탓인지 머리가 지끈거렸다. 시계를 보니 오후 1시 24분이었다.

젠장, 벌써 점심이라니. 조금 당혹스러웠다. 어젯밤 팀장님의 제안은 이랬다.

첫째, 매주 목요일에 한 편씩 로맨스 소설을 인터넷으로 연재할 것.
둘째, 10,000자 이상의 글을 정해진 시간 내에 올릴 것.
셋째, 인세는 매주 수요일 인터넷 조회 수와 전자책 판매 비율로 지급함.

팀장님의 제안을 처음 들었을 때는 다소 의아했다. 소설을 종이책이 아닌 인터넷에 연재하다니? 처음 듣는 생소한 얘기였다. 그런데 곰곰이 생각해 보니 팀장님의 의견도 설득력이 있었다.

로맨스 소설을 처음 쓰는 무명작가에게 손해를 봐가면서 투자를 할 순 없으며, 인터넷 소설로 연재하면 인세를 매주 받을 수 있어서 오히려 작가 입장에서는 더 편하다는 것이었다. 생활비가 부족한 나로서는 상당히 괜찮은 조건인 데다가 소정의 계약금도 미리 받을 수 있어서 만족스러웠다. 다만 정해진 분량을 매주 연재해야 하는 것 말고는 말이다.

어젯밤에는 소설의 프롤로그를 완성했다. 당시의 감정을 그대로 표현하기 위해서 밤을 새워가며 어제 있었던 일을 소설 형식으로 세세하게 적었다. 혜린 씨와의 첫 만남, 카페에서 얘기하던 장면, 그리고 내가 도망가듯 카페를 뛰쳐나갔던 것까지.

나는 떨어졌던 노트북을 켠 뒤에 〈페이지일레븐〉 홈페이지에 접속했다. 수많은 게시판 중 '디미누엔도'라고 쓰여 있는 새로 만든 게시판이 보였다. '디미누엔도'라는 제목은 어제 혜린 씨와 처음 만난 카페 이름이었다. '점점 여리게'라는 뜻도 좋았고, 무엇보다 내가 처음으로 행복을 느꼈던 장소의 이름이라 마음에 들었다.

평소에는 제목을 쉽게 정하지 못하는 편인데 이번에는 달랐다. 이제는 제목만 봐도 기분 좋게 혜린 씨가 떠오른다. 프롤로그를 올리고 나니 순간 걱정이 들었다.

다음 편은 어떡하지? 나는 한 번도 연애를 해 본 적이 없어서 다음은 어떻게 써야 할지 모르는데…. 다시 혜린 씨를 찾아가도 될까? 혹시 어제의 일로 내가 싫어지지 않았을까? 등 수많은 걱정거리가 나를 괴롭혔다. 남은 기간은 일주일. 그때까지 또 한 편을 완성해야 했다. 다음에는 혜린 씨에게 무슨 핑계로 만날지 고민했는데, 생각해 보니 좋은 핑곗거리가 생긴 것 같았다. 기분이 한결 가벼워졌다.

• • •

어젯밤에 마신 핫초코 말고는 아무것도 못 먹은 탓인지 뱃속에서 꼬르륵 소리가 멈추질 않았다. 당장 무엇이라도 먹고 싶었다. 남은 통장 잔액은 18만 원. 오늘 이 돈을 어떻게 써야 할지 생각해야 했다. 우선 혜린 씨를 만나러 가는데, 어제와 똑같은 옷을 입을 순 없었다. 다행히도 어제 백화점 1층에서 봐둔 옷이 있었다. 이제는 먹을 게 문제였다. 어제는 혜린 씨가 차를 샀으니까 오늘은 내가 밥을 산다고 치고 계산해 봤는데, 백화점 인근 식당들은 최소 5만 원이 훌쩍 넘는 금액이었다. 거의 내 전 재산과 다름없지만, 아깝지는 않았다. 우선 점심부터 대충 먹어야 했다.

나는 집 앞 편의점에서 빵과 우유를 사기 위해 임대아파트 101호의 문을 열었다. 허름한 외벽구조와 널브러져 있는 녹슨 철제문. 항상 보는 지겨운 광경이었지만, 오늘은 조금 새롭게 보였다.

웬일인지 계단에는 잘 보이지 않던 옆집 꼬마가 꾀죄죄한 얼굴로 웅크린 채 앉아 있었다.

"왜 여기 있어? 어머니는 어디 가시고?"

내가 조심스럽게 물었다.

아이는 나를 보더니 고개를 푹 숙인 채 우물쭈물거렸다. 아무래도 얼굴의 흉터 때문에 내가 무서운 모양이었다.

"너도 배고프구나? 맞지?"

내가 다시 물었다. 그러자 꼬마는 고개를 끄덕였다.

이 허름한 임대아파트에 사는 사람들은 모두 가난했다. 특히 옆집 아이는 점심시간에 자주 계단에서 웅크려 앉아 있었는데, 항상 물어보면 배고프다는 말을 했다. 오늘도 별반 다르지 않았다. 아무래도 빵과 우유를 하나씩 더 사야 할 것 같았다. 예상치 못한 추가 지출이었지만, 팀장님께서 약속하신 소정의 계약금을 생각하니 견딜 수 있었다.

나는 편의점으로 들어가 내가 제일 좋아하는 초코크림빵 두 개와 흰 우유 하나, 꼬마가 마실 바나나우유를 집었다. 총 4,500원이었다.

지금의 내겐 너무나도 큰 금액이었지만, 꼬마를 굶게 할 순 없었다. 왠지 예전의 나를 보는 것만 같아 마음이 아프기도 했다. 잠시 후 먹을거리를 사고 돌아왔는데도 꼬마는 여전히 자리에 앉아 있었다.

"자, 여기."

내가 빵과 우유를 내밀었다. 꼬마는 내 손에서 낚아채듯 빵을 가져가더니 허겁지겁 먹었다. 많이 배가 고픈 모양이었다. 나는 간단한 아침 겸 점심식사를 마치고 집을 나왔다. 오늘은 커다란 인형 탈 대신 작은 캐릭터 가면을 준비했다. 썩 마음에 들지는 않았지만, 바깥에 나가는 날은 어쩔 수 없었다.

만약 내가 어제 영화가 끝나고 곧장 집으로 돌아갔다고 가정해 보자. 나는 영화관에서 나오자마자 아무 계획도 없이 집으로 돌아갔을 것이다. 그러나 나는 그녀를 기다렸다. 마치 그녀가 만나 주기라도 한다는 듯이. 그리고 운이 좋게도 그녀와 같이 차를 마셨다.

서로의 이야기를 나눴고, 도망치듯 카페를 뛰쳐나왔다. 그 날 있었던 일을 밤새 소설로 썼고, 출판사와 계약을 했다. 이게 모두 하루 만에 일어난 일이었다. 현대백화점까지 걸어오는 내내 생각해 봤는데도 지금 이게 나한테 일어난 일이라는 게 믿기지 않았다. 아니, 믿을 수 없었다.

백화점은 평일임에도 불구하고 사람들로 붐볐다. 본관과 특별관 사이에는 언제 설치한 것인지 반짝이는 커다란 트리가 설치되어 있었고, 트리 옆에서 나오는 웅장한 클래식 음악은 백화점을 지나가는 사람들 모두가 압도될 정도로 아름다웠다. 혜린 씨도 이 트리를 보았을까? 오늘 혜린 씨와 거리를 같이 걸을 수 있다면, 더는 바랄 게 없었다.

우선 혜린 씨가 몇 시에 출근하는지 알아야 했다. 혹시라도 쉬는 날이면 어쩌나 걱정했지만, 왠지 오늘은 그녀를 볼 수 있을 것 같은 예감이 들었다. 그것도 강력하게 말이다.

6층으로 올라가니 상영관 앞에 익숙한 얼굴이 서 있었다. 큰 덩치에 험상궂게 생긴 얼굴. 분명히 어제 내게 불친절하게 대했던 그 남자였다. 그런데 덜컥 겁이 났다. 과연 저 남자가 내게 대답을 해 줄지, 화는 내지 않을지 걱정이 앞섰다. 나는 정신을 가다듬고 그 남자 앞에 성큼 다가섰다.

"아이고 또 오셨네요? 오늘은 무슨 일로 오셨습니까?"

나를 단번에 알아차린 그가 비꼬듯이 말했다.

"혜린 씨 출근했습니까?"

나도 단도직입적으로 물었다. 그러자 그는 불쾌하다는 듯이 나를 노려봤다.

"그건 그쪽이 알아서 뭐하려고 그러십니까?"

"잠깐 볼 일이 있어서요. 출근했어요?"

"십 분 전에 나랑 교대하고 퇴근했죠. 그런데 어쩌죠? 그쪽 말고도 다른 남자가 혜린 씨 기다리던데? 참 인기도 많아."

그가 불량한 태도로 비꼬듯이 말했다.

다른 남자? 기다림? 순간 머릿속이 혼란스러웠다. 혜린 씨가 만나는 사람이 있었다니…, 당장 내 눈으로 확인하고 싶었다. 지금 이 순간은 사야 할 새 옷이나 혜린 씨를 만나면 할 말 따위들은 중요하지 않았다. 오직 단 한 가지. 지금까지 내가 했던 생각들이 헛된 게 아니기를 바랐다.

"혜린 씨 어디 가신지 알아요? 퇴근하고 어디로 갔어요? 혹시 보셨어요?" 나는 다급한 목소리로 물었다.

"글쎄? 내가 듣기론 그 남자도 당신처럼 커피 한 잔 마시자고 한 것 같기도 하고?"

나는 그의 말이 끝나자마자 밖을 향해 전속력으로 뛰었다. 혜린 씨가 어디로 갔는지는 잘 몰랐다. 그저 지금 생각나는 곳. 어젯밤 혜린 씨와 같이 걸어갔던 곳. 디미누엔도 카페를 향해서 뛰었다.

그저 카페 안에서 혜린 씨가 다른 남자와 웃으며 차를 마시지 않기를 바랐다. 그게 아니면 그 남자의 제안을 거절해서 그냥 집으로 돌아갔기를 바랐다. 그것도 아니라면, 지금 내 예상이 모두 틀려서 카페 안이 텅텅 비어 있기를 바랐다. 적어도 그 끔찍한 장면을 눈앞에서 본다는 건 고문과 다름없으니까.

숨을 헐떡이며 겨우 도착한 카페에는 아무도 보이지 않았다. 혹시나 바깥에서 안 보이는 곳에 앉았을까 봐 카페 내부로 들어가 봤지만, 어제 보았던 종업원 말고는 누구도 없었다.

"혹시 조금 전 여기에 남자랑 여자 한 명이 왔다 갔나요?"

"한 시간 정도는 아무도 안 들어왔어요. 오늘따라 손님이 없네요."

"감사합니다." 나는 안도의 한숨을 쉬었다.

그러면 혜린 씨는 그 남자와 어디로 갔을까? 어제 혜린 씨의 연락처를 물어봤어야 했는데…. 이제는 방법이 없었다. 나는 잔뜩 실망한 채 집으로 돌아가려고 카페를 나왔다. 순간 옆 골목에서 익숙한 목소리가 들렸다.

"왜 여기까지 와서 그래요?"

화가 난 듯 소리치는 높은 여자 목소리. 그러나 내가 기억하고 있는 유일하게 달콤한 목소리. 분명히 혜린 씨였다.

나는 재빨리 골목으로 들어가 멀리서 들리는 목소리의 진원지를 살폈다. 그곳에는 키가 180cm는 넘어 보이는 깔끔한 인상의 남자와 혜린 씨가 마주 보며 서 있었다. 그런데 무언가가 조금 이상한 걸 멀리서 보아도 알 수 있었다. 둘은 지금 좋은 감정으로 만나고 있는 것처럼 보이지는 않았다. 남자는 말끔한 정장 차림에 중요한 서류처럼 보이는 종이들을 손에 들고 있었다. 남자가 혜린 씨를 향해 조곤조곤 말할 때마다 혜린 씨는 표정을 찡그렸다. 그러다 갑자기 그 남자가 서류를 혜린 씨 얼굴이 들이밀었다.

혜린 씨와 나의 거리가 꽤 됐기 때문에 정확한 목소리는 들리지 않았지만, 혜린 씨의 목소리엔 약간의 울먹거림이 들어 있었다.

나는 무슨 일인지 정말 궁금했다. 어제 처음 만나서 서로 이름만 아는 사이인 내가 혜린 씨 앞으로 가서 무슨 일이냐고 물어볼 수는 없는 노릇이었고, 애초에 나는 그럴 용기도 없었다.

혜린 씨가 다니는 회사에서 나온 사람인가? 아니면 친구나 친척? 오만가지 상상이 머릿속에서 맴돌았지만, 내가 할 수 있는 건 없었다. 그저 멀리서 지켜볼 뿐이었다.

남자는 혜린 씨에게 이런저런 말을 하다가 고개를 푹 숙이더니 갑자기 혜린 씨의 손목을 잡았다. 그리고는 주머니에서 무언가를 꺼내더니 강제적으로 혜린 씨의 손가락에 묻히기 시작했다. 멀리서 보아도 알 수 있었다. 그건 분명 인주였다. 계약할 때 쓰는 아주 새빨간 인주. 혜린 씨는 계속해서 남자의 팔을 뿌리쳐 내려고 시도했지만, 힘이 부족해 보였다. 갑자기 혜린 씨가 주저앉아서 두 손에 얼굴을 묻고 울기 시작했다.

그리고 나는 이성을 잃었다. 나는 달려가서 혜린 씨를 잡고 있던 그 남자의 손을 내리쳤다. 지금 이게 어떤 상황인지는 중요하지 않았다. 혜린 씨를 울게 만든 이 남자를 치워버리고 싶었다.

"당신 뭐야?" 그 남자가 내 어깨를 밀치며 말했다.

나는 대답하지 않았다. 주저앉아서 울고 있는 혜린 씨를 일으켜 세우기 위해 몸을 돌려 손을 뻗었다. 그런데 그 남자가 내 어깨를 잡으며 다시 나를 돌려세웠다. 악을 쓰며 버텨보았지만, 내겐 힘이 없었다. 내 손이 튕겨 나가 버렸다.

"묻잖아. 당신 뭐냐고?"

"그러면 그쪽은 누구신데 함부로 남의 얼굴에 종이를 들이밀고, 손목을 잡고, 울립니까?" 나는 바득바득 이를 갈며 말했다.

"당신 오혜린 아는 사람이야? 대신 갚을 거 아니면 좀 저리 가지?"

"뭘 갚는다는 건데요? 돈 받으러 이렇게 오는 거 불법 아니에요?"

"불법? 웃기고 있네, 오후 8시 전의 독촉은 합법이고, 당신 내가 폭행이나 폭언하는 거 봤어? 어딜 봐서 이게 불법이야?"

"억지로 손목 잡아끈 게 폭행이 아니면 뭔데!"

내가 목에 핏대를 세우며 소리쳤다. 그러자 그는 손에 들고 있던 서류 한 장을 내 얼굴에 들이밀더니 코웃음 쳤다.

"2년 전 원금 8천만 원. 연이율 34.9%, 현재 세후 이자 5,584

만 원 총 1억3천5백만 원. 돈을 안 갚는 게 불법일까 아니면 합법적으로 와서 갚으라고 말하는 게 불법일까?"

그 남자는 의기양양한 목소리로 말했다. 믿기지 않았다. 나는 남자의 손에서 서류를 낚아챘다. 모든 게 사실이었다. 서류에는 법정 최고이자율과 혜린 씨 아버지로부터 물려받은 빚 상속에 관한 내용이 들어 있었다. 그는 갑자기 내 멱살을 잡고 가까이 끌어당겼다. 힘으로 버텨보려고 노력했지만, 이미 내 몸은 반쯤 허공에 들려 있었다. 너무 괴로웠다. 숨이 막혔다. 지금 이 상황과 이 남자를 제압할 수 없는 내 자신이 한심했다.

"이봐, 당신 대신 갚을 것도 아닌데 한 번만 더 갑자기 나타나서 내 손을 내리친다든지 방해를 하면 가만 안 둘 거야. 알았어? 그리고 이 빌어먹을 가면도 벗고…."

그는 넘어진 나를 향해 경멸의 목소리로 말했다. 그리고 내가 외출을 위해 인형 탈 대신에 쓰고 있던 가면을 잡아당겼다. 가면을 지탱해주는 줄이 힘을 이기지 못하고 툭 끊어졌다. 순간 그와 눈이 마주쳤다.

"이… 이게 뭐야."

그가 소스라치게 놀란 표정으로 말했다.

이내 얼굴을 본 남자는 잡고 있던 멱살을 놓고 뒷걸음질 치더니 빠르게 시야에서 사라졌다. 분명히 내 얼굴에 있는 흉터를 보고 놀랐을 것이다. 처음으로 흉터로 인해 도움을 받는 순간이었다.

정신을 차려보니 혜린 씨는 아직도 주저앉아서 울고 있었다. 나는 무거운 몸을 일으켜 조용히 그녀에게 다가가서 속삭이듯 말했다.

"괜찮아요? 그 사람 방금 갔어요. 아! 전 어제 함께 차 마신…."

"그냥 가요!"

그녀가 앙칼진 목소리로 내 말을 끊으며 소리쳤다. 예상과는 다른 화난 목소리에 나는 심장이 덜컥 내려앉은 기분이었다. 그래도 혜린 씨가 울고 있는데 그냥 두고 갈 순 없었다.

"아니, 저는 지나가다가 혜린 씨 목소리가 들려서 와봤더니…."

나는 말을 멈췄다. 자세히 살펴보니 혜린 씨가 아까보다 더 큰 소리로 울고 있었다. 아니 흐느끼는 것에 가까웠다. 그녀는 어깨를 들썩이며 훌쩍거리는 목소리로 계속해서 '그냥 가요, 제발' 같은 말을 나직하게 흘렸다. 나는 이럴 땐 어떻게 해야 하는지 잘 몰랐다. 그래도 지금은 혜린 씨가 혼자 있고 싶은 것 같았다. 나는 이제 그만 그녀의 시야에서 사라져 주기로 했다.

나는 골목길을 나와서 한동안 아무 생각 없이 터벅터벅 걸었다.

짧은 만남이었다. 그런데도 나는 혜린 씨를 짝사랑했고, 소중한 사람으로 생각했다. 그런데 혜린 씨는 아니었나 보다.

누구를 탓하고 싶은 것도 아니다. 그저 짝사랑에 대한 막연한 희망이 무너져 내리고 차가운 현실을 마주하게 되자 정신이 들었다. 이제는 뒤돌아봐도 그녀가 있던 골목길의 모습이 보이지 않았다.

나는 멈춰 서서 멍하니 하늘을 바라봤다. 내 시야에 걸친 디미누엔도 카페의 간판이 전혀 반갑지가 않았다. 초저녁의 내리쬐는 햇볕도 전혀 따듯하지 않았다.

나는 발걸음이 닿는 대로 무작정 걷기 시작했다. 분명히 아무 일도 없었다. 사랑하는 사람과 이별한 것도 아니었고, 고백하다가 실연을 당한 것도 아니었다. 그런데 자꾸 눈물이 났다. 눈물이 날 이유가 없는데도 계속 눈물이 나서 더 슬프고 괴로웠다. 나 같이 초라하고 부족한 사람이 빛나고 아름다운 사람을 좋아한다는 것 자체가 잘못된 일이란 걸 순간 잊고 있었다. 나는 그녀를 위해 할 수 있는 게 아무것도 없었다.

• • •

2015년 11월 11일 이현

그날 이후 2주가 흘렀다. 울고 있는 혜린 씨를 혼자 두고 쫓

겨나듯 자리를 피했던 그 날이 아직도 어제처럼 생생했다. 눈을 뜨니 평소에는 조용하기 짝이 없던 핸드폰에 부재중 전화와 문자메시지가 가득했다. 모두 〈페이지일레븐〉 출판사의 팀장님이 보낸 문자였다.

나는 혜린 씨를 두고 떠났던 그 날 집으로 돌아가 그때까지의 일을 소설로 썼다. 혜린 씨를 만나러 가는 과정부터 도망치듯이 혜린 씨를 두고 나왔던 시간까지 내 감정과 느낌들을 정말 세세하게 적어냈다. 그 소설은 고작 2화에 불과했지만, 사실상 마지막 화나 마찬가지였다. 그래서 더욱 자세하게 그때의 우울함, 슬픔, 허망함을 글 속에다가 녹여냈다. 내 한숨을, 푸념을 아무도 들어 줄 사람이 없었기에, 나는 글로 쓸 수밖에 없었다. 그리고는 피곤함 때문인지 약에 취한 듯이 잠이 들었고 14시간이 지나서야 깨어났다. 핸드폰에는 소설이 대박 났다는 팀장님의 문자 메시지가 들어 있었다. 처음에는 믿지 않았다.

팀장님에 의하면 소설 『디미누엔도』는 연재한 지 2주 만에 조회 수가 200,000회를 넘었다고 했다. 처음에는 감을 잡을 수 없었지만, 팀장님의 말로는 신작 소설의 조회 수는 보통 500회 선에서 마무리되고, 한 달은 지나야 입소문을 타고 1만 이상을 겨우 넘는다고 했다. 그런데 2회째에 20만은 팀장님도 처음 보는 기록이라고 잔뜩 신이 난 채 한참 동안 내 칭찬을 늘어놓았다. 그리고 계약금과 더불어 2주간의 연재료를 가불해 주었다. 통장에 처음으로 백만 원 단위의 숫자들이 보였다. 그런데도 전혀 들뜨거나 기쁘지도 않았다. 내가 쓴 소설이 인정받았다는 것은 좋았지만, 그것보다 이제 혜린 씨를 볼 수 없다는 사실이 더 가슴 아팠다. 스스로 정한 내 인생의 마지막 날도 얼마 남지 않았다. 11월 23일. 그 날이 소리 없이 점점 내게 다가오고 있었다.

그래서일까 아무것도 재미가 없었다. 평소에 좋아하는 TV 프로그램을 봐도 그저 그랬고, 내 첫 인터넷 소설에 달리는 호평과 응원에도 아무 느낌이 없었다. 그렇게나 간절히 원하던 소설작가로서의 성공도 기쁘지 않았고, 며칠째 먹은 것도 별로 없었는데 전혀 배고프지 않았다. 그날 겨우 한 번 같이 차를 마시고 고작 대화만 했던 그 여자가 나를 완전히 바꿔버렸다. 누군가 듣는다면 미친 소리라고 할지도 모른다. 사랑도 해본 적 없는 놈이, 이별이란 말은 듣지도 못해 본 놈이 죽을 만큼 누군가가 보고 싶고 그립다는 게 우스울지도 모른다. 그런데 나는 정말 그녀가 미치도록 보고 싶고 그리웠다. 다시 한 번만이라도 볼 수 있다면 얼마나 좋을까. 그녀는 내게 모든 걸 준 대신에 모든 걸 빼앗아 버린 것만 같았다. 정신을 차렸을 땐 나는 이미 돌이킬 수 없는 폐인이 되어 있었다.

정적을 깨우는 핸드폰의 벨 소리가 한 번 더 울렸다. 이번에도 받지 말자고 생각했지만, 지금에라도 더는 소설을 쓸 수 없다는 것을 팀장님께 알리는 것이 작가로서의 마지막 예의라고 생각했다. 그리고 더는 시끄러운 벨 소리로 내 사색을 방해하지도 않을 테니까.

통화버튼을 눌렀다. 그런데 목소리는 팀장님이 아니었다.

"여보세요?"

"이현 씨 번호 맞나요?"

"네, 맞는데…, 누구세요?"

"맞는구나! 저기… 저예요. 오혜린. 그땐 정말 죄송했어요."

"네? 누구요…?"

순간 내가 잘못들은 게 아닌지 내 귀를 의심했다.

"그날 같이 차 마시고 얘기했던 오혜린 기억나세요?"

"혜린 씨? 제 번호는 어떻게…."

"그때 도와주신 거 정말 감사했어요. 그런데 그날 너무 부끄럽고 힘들어서 아무 잘못 없는 이현 씨한테 화를 낸 거 같아요. 정말 미안해요. 그래서 사과하려고 노력 많이 했어요. 이현 씨 연락처 찾으려고 서점에 가서 이현 씨 이름으로 된 책도 찾아보고 출판사에도 전화해봤는데 거기서도 모른다고 하고…. 이현 씨?"

갑작스레 들린 달콤한 목소리에 나는 그대로 얼어붙고 말았다.

"이현 씨 왜 그래요? 지금 울어요?"

울먹이지 않아야 했다. 들키지도 않았어야 했다. 하지만 입술을 깨물어도 떨리는 나의 신음은 이미 전화기 너머로 새어나가 버렸다.

혜린 씨가 나를 향해 걱정스럽게 물었다. 그런데도 난 대답할 수 없었다. 정말 미치도록 대답하고 싶었지만, 한 번만 더 말을 하면 정말로 울음이 터져버릴 것 같았다. 혜린 씨가 몇 번이나 더 내 이름을 불렀다. 그런데 나는 숨을 참고 계속 소리 없이 흐느꼈다. 지금 내게는 이게 최선이었다. 밀려오는 환희와 안도감에 무너져 내릴 것만 같았다.

울먹임에 짧게 끊어지는 호흡이 수십 번째. 그제야 나는 진정할 수 있었다. 다행히도 아직까지는 수화기 너머로 혜린 씨의 숨소리가 들렸다. 그리고는 생각도 하기 전에 내 입에서 진심이 흘러나왔다.

"다행이다. 정말 다행이에요."

"네? 뭐가요?"

혜린 씨가 조심스럽게 물었다.

"연락해 줘서 고마워요."

* * *

"쨍!" 컵끼리 부딪치는 둔탁한 소리가 났다. 혜린 씨가 자신의 맥주잔을 내 컵에 부딪혔다. 혜린 씨가 불러서 급하게 나왔는데 이미 혜린 씨는 잔뜩 취한 상태였다.

"안 마셔요?"

내가 눈앞에 있는 맥주를 두고 망설이자 혜린 씨가 내게 물었다. 맥주는 오늘 처음 마셔보는데 전혀 사람이 먹을 것이 못됐다. 그래도 혜린 씨가 건배까지 해 준 맥주를 마시지 않을 수는 없었다.

나는 두 눈을 꼭 감고 코를 막은 채 맥주를 벌컥 들이마셨다.

목이 따가울 정도로 시원했다. 하지만 전혀 맛있지 않았다. 나는 다시는 술을 마시지 않기로 다짐했다. 그런데 문득 궁금했다. 왜 혜린 씨가 이 늦은 밤에 서울까지 나를 불렀는지 알고 싶었다. 하지만 먼저 이유를 물을 수는 없었다.

그냥 지금 혜린 씨와 둘이 한 공간에 있는 그 자체로도 행복했다. 이 순간 시간이 멈추기를 바랐다. 내가 계속 행복하게 혜린 씨를 보고 있을 수 있게.

"왜 그렇게 쳐다봐요? 뚫어지겠다."

볼이 빨갛게 달아오른 혜린 씨가 귀엽게 물었다.

"꿈같아서요. 혜린 씨를 다시 볼 수 있을지 몰랐어요."

"그런데 그거 진짜예요?"

"어떤 거요?"

"이현 씨가 쓴 소설 있잖아요. 연락처 찾다가 우연히 봤거든요. 인기 많던데요?"

"네?"

순간 심장이 내려앉았다. 내 마음과 감정을 여과 없이 쓴 글을 당사자가 봤다는 게 몹시 부끄러웠다.

"진짜 봤어요? 그걸 왜 봤어요! 어디까지 봤어요?"

"음. 저는 그 대목이 좋았어요. '그녀를 처음 본 순간 세상이 멈춘 것 같았다. 심장이 제멋대로 뛰었고, 숨 쉬는 방법마저 잊어버렸다.'였나? 정말 그랬어요? 내가 그렇게 예뻤어요?"

"…."

"아니에요? 말해 봐요. 소설에는 그렇게 쓰여 있었는데?"

혜린 씨는 계속해서 직설적으로 물었다. 정말 숨을 수 있다면 쥐구멍에라도 들어가고 싶었다. 누군가를 좋아하는 걸 당사자에게 들켰다는 게 너무 부끄럽고 어색했다.

입술을 꽉 깨물었다. 나는 아무 말도 할 수가 없었다.

"말 안 해 주면 저 갈 거예요. 네? 말해 봐요. 그러면 나도 이현 씨가 궁금한 거 대답해 줄게요."

정말 미칠 것 같았다. 저렇게 예쁘고 사랑스러운 얼굴로 아무렇지 않게 자길 좋아하느냐고 물어본다는 게 믿기지 않았다.

내 얼굴에서 심장이 뛰는 게 느껴졌다. 분명히 엄청 붉어져 있겠지. 혜린 씨가 내 얼굴을 알아볼 수 없다는 게 다행스러웠다.

"네. 많이…."

나는 부끄러움에 고개를 푹 숙였다. 그러자 혜린 씨가 수줍게 웃었다.

"정말이구나. 이제 이현 씨가 물어볼 기회 줄게요."

"음… 아무거나 다요?"

"네. 아무거나 다!"

"그러면… 그날 골목길에 그 남자는 왜 온 거예요? 빚이 있던데…. 무슨 일인지 말해 줄 수 있어요?"

내가 제일 궁금했던 이야기를 최대한 조심스럽게 물었다. 물론 지금 대화의 화제를 돌리고 싶었기도 했다.

혜린 씨는 한동안 답이 없었다. 나는 그제야 실수했다는 걸 깨달았다.

'멍청이! 그런 질문을 갑자기 왜 해서….'

나는 속으로 자책했다.

"미안해요. 괜히 물어봤죠? 대답 안 해도 돼요…."

혜린 씨에게 보이지는 않겠지만, 나는 최대한 미안한 표정을 지었다. 갑자기 분위기가 진지해졌다.

"아니에요. 어떻게 설명해야 할지 생각하고 있었어요. 음…. 저는 어려서부터 부족함을 모르고 살았어요. 부모님이 먹고 싶은 거, 갖고 싶은 것들을 무엇이든지 간에 다 사주셨거든요. 대학교에 다닐 때도 등록금 걱정도 안 하고 자취방 월세에 용돈까지 다 받고 지냈어요. 중학생 때는 그 비싼 유학도 몇 년간 갔다 왔고, 정말 하루하루가 행복했어요. 고생이란 걸 몰랐죠. 저는 그냥 부모님의 지원 아래에 하고 싶은 걸 하면 됐으니까요. 그렇게 계속 행복하게 지내다가 대학교를 졸업하면 영화감독이 되고 싶다는 막연한 꿈만 가지고 있었어요. 그러다 보니 어느새 졸업을 하고 25살이 돼 있었어요. 그리고 저는 그날…, 바보같이 그러지 말았어야 했어요. 저는 졸업 겸 생일 기념으로 가족 여행을 가자고 했어요. 아빠는 피곤하다며 다음에 가자고 했지만, 제가 계속 가자고 졸랐어요. 그러다가 술 취한 트럭을 만났고…. 아빠는 트럭을 피하려고 차를 돌렸어요. 원래대로라면 제가 탄 조수석 쪽이 벽에 부딪히고 저만 다치면 끝나는 거였는데…. 아빠는 저를 보호하려고 일부러 운전석 쪽으로 부딪혔어요. 그리고는 엄마, 아빠, 동생이…."

"저런…."

혜린 씨는 더 이상 말을 잇지 못했다. 나는 아무 말 없이 혜린 씨의 빈 컵에 맥주를 따랐다. 혜린 씨는 맥주가 가득 담긴 컵을 두 손으로 잡고 한 번에 들이마셨다. 그리고 입가에 묻은 맥주를 옷 소매로 쓱 닦았다.

"아빠가 하고 있던 사업까지 부도가 나서 많은 빚이 생겼어요. 거기다가 큰 충격으로 안면실인증에 걸리기까지 했고요. 처음에는 어떻게든 해 보려고 제 앞으로 나온 부모님 보험금으로 갚기도 하고, 갖고 있던 차도 팔고, 집까지 팔았는데도 돈이 부족했어요. 계속되는 빚 독촉과 가족을 잃어버린 슬픔에 우울증도 생기고… 아무것도 하기 싫었어요. 혹시라도 사람들 얼굴을 많이 보면 병이 조금 나아지지 않겠냐는 생각으로 영화관에서 일하고 심리상담도 받아보고 했는데 아무런 진전이 없었어요. 우리가 처음 만난 날 이현 씨가 저한테 한 말 있잖아요. 자기는 한 번도 웃어본 적이 없다고…. 저도 그랬어요. 그날 이후로 한 번도 제대로 웃어본 적이 없었는데, 이현 씨를 만난 그 날 처음으로 웃었어요. 그래서 정말 고마웠어요."

전혀 예상하지 못한 대답이 나왔다. 쇠망치로 뒤통수를 얻어맞은 기분이었다. 아름답고 예쁘다고만 생각했던 혜린 씨에게 이런 아픔이 있을 줄은 꿈에도 몰랐다. 순간 동질감이 들었고 혜린 씨를 지켜주고 싶다는 생각마저 들었다.

혜린 씨는 마지막 잔을 내려놓고는 밖으로 나가자고 했다. 왠지 모를 슬픈 눈동자였다.

자리에서 일어나 계산서를 보니 3만 원이 조금 넘지 않는 금액이었다. 내가 지갑을 꺼내려고 하자 혜린 씨는 팔꿈치로 내 옆구리를 세게 밀었다. 이에 질세라 나도 카드를 꺼내서 점원에게 내밀었지만, 이미 혜린 씨의 카드로 계산이 완료된 후였다.

이미 해가 져버린 밖은 입김이 나올 정도로 쌀쌀했다. 고개를 들어 하늘을 쳐다봤다. 아직 오후 7시가 채 되지 않은 시간이었는데 달이 떠 있었다.

"이제 어떡하죠?"

나는 혜린 씨를 슬쩍 바라봤다.

"네?"

그녀가 말끝을 흐렸다. 나는 지금 이 순간이 답답하고 어색했다. 하고 싶은 말은 많았다. 하지만 지금 내 머릿속에서는 두 개의 자아가 복잡하게 얽히고설켜 싸우고 있었다.

'대체 뭘 망설이고 있는 거야! 이미 좋아한다고 반강제적으로 고백까지 했으면서 아무렇지도 않게 넘어가려고?'

'하지만 난 보잘것없고, 징그러운 흉터까지 있는 외톨이잖아? 내가 그녀를 사랑할 자격이 있을까?'

평소 같았으면 자존감이 낮은 내 안의 자아가 아무 말도 하지 않고 그냥 집으로 도망가라고 한 말을 들었겠지만, 지금은 그렇지 않았다.

태어나서 처음 마셔보는 맥주에 취해 사리분별을 할 수 없었다. 머리에서는 계속 아무 말도 하지 말고 집에 가라고 하는데 가슴은 그렇지 않았다. 갑자기 입이 제멋대로 움직이기 시작했다.

"저 같은 사람이 계속 혜린 씨를 좋아해도 괜찮을까요? 부담스럽지는 않아요? 아니면 싫다거나 지금 이후로 다시는 만나고 싶지 않다고 해도 좋아요. 제가 정말 어떻게 해야 할까요. 전 너무 멍청해요. 한 번도 다른 여자와 대화를 해 본 적도, 사랑을 해 보지도 못해서, 그래서 지금 같은 상황에 어떻게 해야 할지 잘 몰라요. 그래서 좋아한다고 말하고 싶은데 이 모양이에요. 좋아해요. 정말."

술김에 내 마음을 모두 표현하고 싶었다. 그런데 횡설수설하고 말았다. 생각지도 못한 나 자신의 행동 때문인지 머리가 돌면서 어지럽던 게 싹 사라졌다. 정말이지 죽고만 싶었다.

그런데 내 말을 들은 혜린 씨는 전혀 동요하지 않았다. 오히려 담담한 표정으로 나를 쳐다봤다. 혜린 씨가 춥다는 듯이 양손을 주머니에 넣었다.

"저도 잘 모르겠어요. 그냥 지나칠 수도 있었는데, 제가 왜 이현 씨 연락처를 찾아가면서까지 만나고 싶었는지 정말 모르겠어요. 사실 무섭기도 해요. 누군가를 만나고 사랑한다는 건 또 언젠가 헤어진다는 뜻이잖아요. 그래서 너무 무서워요."

"미안해요. 제가 이것밖에 안 되는 사람이라…."

"아니에요. 왜 말을 그렇게 해요. 이현 씨는 충분히 훌륭한 사람이에요. 자존감을 더 가질 필요가 있어요. 전 사실 오늘 가장 친한 친구랑 싸웠거든요. 저보다 저를 더 아껴주던 친구였는데 그 친구에게 화를 내고 말았어요. 속상한 마음에 도망치듯이 나와서 술집에 왔는데 마침 출판사에서 이현 씨 번호를 알려주더라고요. 그래서 사과하고 싶어서 전화했는데 어쩌다 보니 이현 씨가 여기까지 와줬고…. 음, 미안해요. 제가 무슨 말 하는지 잘 모르겠죠?"

혜린 씨가 나를 보더니 배시시 웃었다.

"아니요. 조금은 알 것 같기도…."

"두려워요… 이현 씨도 언젠간 나를 떠나갈까 봐. 저도 이현 씨가 좋은데 어떻게 해야 할지 모르겠어요."

"그러면 이렇게 해요, 우리."

나는 의미심장한 눈빛으로 혜린 씨를 바라봤다.

Episode 4.

그 여자의 비밀

2015년 10월 24일 오혜린

"다녀왔어."

나는 아무렇지도 않은 듯이 인사한다. 사실 아무렇지 않은 건 아니었다. 오전 근무가 끝나고 내게 찾아온 불청객이 빚이라는 이름의 칼로 내 마음속을 다 헤집어놓은 뒤였다.

하지만 연희 앞에서는 약해 보일 수 없었다. 부모님이 돌아가신 후 집까지 팔아서 빚을 갚고, 연희 집에 얹혀 사는 나에게 아직도 빚이 남아 있다는 걸 털어놓을 순 없었다. 오늘 낮에 빚쟁이가 직장까지 찾아왔다는 말은 더더욱.

"또 울었어? 화장이 왜 그래?"

"울긴… 누가…?"

연희의 질문에 괜히 심장이 내려앉는다. 나는 애써 괜찮은 척하고 아무렇지 않게 방으로 들어간다. 거실에 앉아 TV를 보던 연희가 내 방으로 따라 들어온다.

"운 거 맞네. 무슨 일이야? 나한테 말 안 해?"

오랜만에 듣는 연희의 화난 목소리. 적어도 나를 걱정해서 그렇다는 걸 알기에 나는 대답한다.

"별일 아니야. 그냥 그날 생각에…."

"또? 정말 넌 언제까지 그럴래? 예전엔 안 그랬잖아. 예쁘고 능력 있고…."

"그냥 지금은 혼자 있으면 안 될까?"

나는 고개를 푹 숙인다. 거짓말에는 익숙지 않아서 들킬까 봐 두려웠다. 그러자 연희는 내 손을 꼭 잡는다.

"혜린아, 내 부탁 한 번만 들어줘 응?"

"어…."

연희는 심각한 말이라도 꺼낼 듯이 내게 다가와 옆에 앉는다.

"선 보자. 네 사진 보여 줬더니 마음에 들어 하는 사람이 많아. 너 충분히 예쁘잖아. 이제 그만 슬퍼하고 사랑하는 사람 만나서 예전처럼 돌아가자. 응?"

"싫어."

"오혜린!"

연희가 울먹이는 목소리로 소리를 질렀다. 처음이었다. 연희가 나에게 진짜 화를 낸 건.

"정말… 그만할 때도 됐잖아. 이제는 나도 힘들어. 언제까지 그렇게 슬퍼하면서 혼자 살 수는 없잖아."

"하지만…."

"너 아침에 눈 떴을 때 햇살이 참 따듯하다고 생각해 본 적 있어? 아니면 하늘을 올려다보면서 구름이 예뻐 보인다거나 요새 그런 적이 있긴 해?"

나는 아무 말도 할 수가 없었다. 사실이니까. 하늘이 푸르던지 햇살이 따듯하든지 간에 아무 관심 없었으니까.

"그러니까 제발! 우리 이제 행복하자. 그럴 때 됐잖아. 만나보기라도 해 줘. 더는 강요하지 않을게. 이번 딱 한 번만."

연희가 애처로운 눈빛으로 나를 바라본다. 나는 애써 시선을 피하며 눈을 이리저리 굴려보지만, 도망갈 곳이 없다는 걸 깨달았다.

"그래…. 이번 딱 한 번만."

• • •

"혜린 씨 무슨 고민 있어요?"

매니저님이 걱정스러운 눈빛으로 내 어깨를 쓰다듬는다.

"아니에요. 죄송해요. 제가 또 넋 놓고 있었죠?"

"아프면 조퇴하고 집에 가서 쉬어도 돼요."

"두 시간밖에 남지 않았는걸요. 괜찮아요."

나는 어제의 일 때문에 도저히 일이 손에 잡히지 않았다. 갑자기 빚쟁이가 직장까지 찾아와서 나를 괴롭힌 것도 걱정이었지만, 내가 아무 잘못 없는 이현 씨에게 화를 내고 실수를 저질렀는데도 사과할 방법이 없다는 게 제일 큰 문제였다.

'이럴 줄 알았으면 미리 연락처라도 받아놓는 건데.'

어제의 나는 감정이 너무 예민해져 있었다. 오히려 고맙다고 했어도 모자랄 판에 화를 내다니. 내가 생각해도 돌이킬 수 없는 실수를 저지른 것 같았다.

"표 확인 안 해 줘요?"

갑자기 들리는 목소리. 손님이 표를 내민 채 내 앞에 서 있었다. 나는 빠르게 표를 잡아 확인한다.

"아! 죄송합니다. 3관으로 입장하시면 됩니다."

오늘만 벌써 세 번째 실수였다. 버텨보려고 했지만, 더는 참을 수 없었다. 나는 사무실로 내려가 매니저님께 조퇴를 허락받고 백화점 근처 서점으로 향했다.

이현 씨가 쓴 책을 사서 출판사에 물어본다면 이현 씨의 연락처를 얻을 수 있을 거란 생각이 들었다. 영화관 건너편에 있는 서점으로 들어서자 수만 권의 책들이 즐비하게 나를 반겼다. 그런데 이현 씨가 쓴 책 제목이 기억나지 않는다.

'기억은 한발 빠르게?', '언제나 빠르게?'

나는 서점 컴퓨터를 이용해 저자명이 이현으로 되어 있는 책들을 검색했다. '홍마리오의 워드프레스 중급', '임진년의 봄', '로봇의 별' 등 전부 내가 아는 이현 씨가 아닌 동명이인 작가들의 책이었다.

나는 하는 수 없이 국내 소설 목록에서 최신 책들을 잡히는 대로 살핀다. 국내 소설 목록에 있는 책들의 수는 2M짜리 책장 10개 정도. 쉴 새 없이 살핀다면 2시간 안에 찾을 수 있을 거란 생각이 들었다.

첫 번째 책장을 모두 뒤졌다. 걸린 시간은 15분. 하지만 이현 씨가 카페에서 말해 주었던 제목과 비슷한 소설은 찾지 못했다. 그리고 두 번째 책장, 세 번째 책장까지 샅샅이 뒤졌다. 다음 책장으로 넘어갈수록 책을 찾는 방법에 능숙해졌다. 소요되는 시간이 점점 줄었다.

1시간이 지났다. 어느새 여섯 번째 책장. 하지만 실오라기만큼이라도 비슷한 제목이나 이현 씨가 썼을 법한 책들은 전혀 보이지 않는다. 과연 나머지 책장들을 다 찾아본다고 해서 이현 씨가 쓴 소설을 만날 수 있을까? 아무리 생각해 보아도 불가능해 보였다.

이대로 포기해버리면 이현 씨가 다시 영화관으로 찾아올 때까지 나는 아무것도 할 수 있는 게 없었다. 아니. 다시는 찾아오고 싶지도 않겠지. 적어도 내가 그때의 이현 씨 입장이라면 그랬다.

다시는 나를 만나고 싶지 않을 것 같았다. 비극적이었다. 나는 고개를 푹 떨군 채 한숨을 쉬었다.

갑자기 뇌리를 스치는 한 단어. 비극.

'맞아, 비극!'

나는 한 시간 전 사용했던 서점 컴퓨터로 달려갔다. 이번에는 저자명 대신 도서명에 '비극은 언제나 한발 빠르게'를 적는다.

이번에는 이현 씨가 쓴 책이 확실했다. 그런데 이상하게도 <비극은 언제나 한발 빠르게>의 저자명은 이현 씨가 아닌 출판사의 이름으로 되어있었다. 일단은 출판사로 연락을 하는 게 우선이었다.

집으로 돌아오니 이른 시간이었음에도 집안이 허전했다. 식탁에는 연희가 써놓은 힘내라는 쪽지와 함께 내가 좋아하는 볶음밥이 차려 있었다. 나는 볶음밥을 컴퓨터 앞으로 가지고 들어가 인터넷에 출판사를 검색한다.

〈북스타〉 출판사는 생각보다 작은 회사였다. 홈페이지에 나와 있는 번호로 전화를 걸어보니 지금은 업무 중이 아니라는 자동음성메시지가 반복됐다. 하는 수 없이 이현 씨의 연락처를 알아내기 위해 〈비극은 언제나 한발 빠르게〉의 저자명과 연락처를 알고 싶다는 이메일을 보냈지만, 답장이 돌아온 건 일주일 후였다.

안녕하십니까.
저희 <북스타> 출판사에서 출간한 <비극은 언제나 한발 빠르게>의 저자인 이현 작가님께서는 출간 당시에도 이메일로만 연락을 주고받았기 때문에 현재는 다른 연락처를 알 방법이 없습니다. 이메일은 안타깝게도 계약 당시 저자의 요청으로 제 3자에게 공개할 수 없음을 알립니다.
감사합니다.

출판사의 답변은 단호했다. 그 후 메일을 몇 번이나 더 보냈지만, 출판사에서는 아무 연락이 없었다.

하지만 이현 씨를 찾을 마지막 방법이었기에 나는 포기할 수 없었고, 며칠 뒤 홈페이지에 나와 있는 출판사 주소로 찾아가서야 원하는 정보를 얻을 수 있었다.

"이현 작가님의 연락처가 꼭 필요하시다면 직접 찾으셔야 할 것 같습니다. 제가 알기로는 요즈음 인터넷에서 소설을 연재하신다고 들었는데, 그쪽을 한번 알아보시는 게 좋을 텐데요. 어디 보자, 제목이 『디미누엔도』였나?”

끝내 이현 씨의 이메일은 얻지 못했지만, 출판사 직원이 알려준 경로를 통해 현재 인터넷에서 연재한다는 이현 씨의 소설 페이지로 들어갔다.

이현 씨가 쓰고 있다는 소설의 제목은 낯설지 않았다. 우리가 처음 만난 카페의 이름도 ‘디미누엔도’였기에 처음엔 우연의 일치이거니 생각했다. 하지만 소설의 내용을 보고선 나는 입을 다물 수 없었다. 그 안에는 우리가 처음 만났던 순간부터 내가 이현 씨에게 화를 냈던 되돌리고 싶은 기억까지 세세하게 적혀 있었다. 그것도 이현 씨의 1인칭 시점으로 되어 있는 소설이라 그때의 감정과 생각들을 모두 알 수 있었다.

부끄러웠다. 이현 씨 소설에서는 내가 정말 아름답고 예쁜 여성으로 표현되어 있었는데, 실제로는 그렇지 않으니까. 게다가 나를 처음 만난 순간 가슴이 뛰었고 심장이 멎는 것 같다는 표현은 나를 당황스럽게 만들기에 충분했다.

그런데 무언가 이상했다. 홈페이지에는 일주일마다 연재하기로 쓰여 있는데 벌써 2주째 아무 글도 연재되지 않고 있었다.

‘설마 내가 무심코 화를 낸 그때 이후로 더 이상 글을 쓰고 있

지 않은 걸까?'

갑자기 나 자신이 원망스러웠다. 내가 이 정도로 나를 많이 좋아해 주는 사람에게 무슨 짓을 한 거지? 더는 지체할 시간이 없었다. 나는 〈페이지일레븐〉 홈페이지에 적혀 있는 이메일로 이현 씨의 연락처가 필요하다는 메일을 보냈다. 소설 『디미누엔도』의 여자가 바로 나고, 그날의 일을 사과하기 위해 연락처가 꼭 필요하다는 추신도 덧붙였다.

* * *

이튿날 약속 시각보다 10분 앞서 식당에 도착했다. 별로 내키지는 않았지만, 눈물까지 흘리는 연희의 모습을 보니 거절할 수가 없었다. 클래식 음악이 잔잔하게 깔린 주황빛 조명의 식당 내부는 고급스럽다기보다는 사치에 가까워 보였다. 그리고 사치와 향락으로 가득 차 보이는 이곳에 연희가 소개해 준 남자는 먼저 도착해 날 기다리고 있었다.

나름 비싸고 좋은 곳을 온다는 생각에 차려입는다고 했지만, 창가 테이블에 앉아 있는 내 맞선 상대방의 옷차림을 보니 내가 한없이 초라해 보인다. 그가 입은 구릿빛 가죽 재킷과 잘 다려진 와이셔츠는 내가 가지고 있는 모든 옷을 합쳐야 겨우 살 수 있을 정도로 고급스럽고 비싸 보였다.

그는 자리에서 벌떡 일어서더니 내가 편하게 앉을 수 있게 의자를 빼주었다.

"앉으세요."

나는 의자에 앉는다. 그리고 그도 다시 자리로 돌아간다. 부담스러운 친절함. 그다지 마음에 들지 않는다.

"감사해요."

"만나 뵙게 돼서 반갑습니다. 남경준이라고 합니다. 친구 분께 얘기 많이 들었습니다. 혜린 씨."

신사적인 목소리의 그는 웨이터를 부르더니 능숙한 솜씨로 음식을 주문한다. 고급스러운 식당에서 멋있는 남자와 하는 식사가 그리 달갑게 느껴지지 않았다. 앞으로 어떤 일이 일어날지 생기는 기대감과 설렘보다는 빨리 이 상황을 벗어나고 싶다는 조급함이 들었다. 어차피 지금 내 앞에 있는 이 남자도 나를 이해할 수 없을 테니까.

"이곳은 제가 가장 잘 아는 곳이니 메뉴를 제가 골랐어요. 혹시 채식주의자이신가요?"

"아니요."

"다행이네요. 와인 한 잔 괜찮으세요?"

"나쁘지 않죠."

나는 일부러 쌀쌀맞게 굴었다. 이 남자가 실망해서 먼저 자리를 일어나길 바랐다. 하지만 그는 개의치 않는다는 듯 웨이터에게 손짓하더니 알아들을 수 없는 이름의 와인을 요청했다.

"미디엄 드라이 와인으로 주문했어요. 드라이 와인은 너무 밋밋하고, 스위트 와인은 달아서 별로거든요."

"그래요? 저는 와인에 대해 잘 몰라서요."

"27살이라고 하셨나요? 저랑 5살 차이가 나네요. 아쉽네요. 4살 차이면 궁합도 안 본다던데."

"그러게요. 주문도 능숙하고 와인에 대해서도 잘 아는 걸 보니 경준 씨는 평소에 이런 곳을 자주 오시나 봐요?"

"'자주'라기보다는 '늘'이라는 말이 더 어울리겠네요."

그는 내가 비아냥대는 것도 모르고 우쭐댄다. 내 이상과는 거리가 먼 남자여서 그럴까? 전혀 관심이 생기지 않는다.

"혜린 씨는 무슨 일을 하고 계세요?"

"영화관에서 일하고 있어요. 일이라기보다는 아르바이트에 가깝지만."

"아, 서비스직에 관련된 직업을 준비 중이신가요?"

"아니요. 안면인식장애가 있어요. 사람들을 많이 보면 병이 조금이라도 호전되지 않을까 싶어서 영화관에 다니고 있어요. 꿈이 영화감독이기도 하고요."

"병을 갖고 있다는 얘기는 친구 분께 들었어요. 얼굴을 구별하지 못한다니 정말 유감이에요. 어서 나으셔야 할 텐데요."

"저는 정말 사랑하는 사람마저도 알아볼 수가 없어요. 몇 년을 만나든, 그게 누가 됐든 간에 먼저 말을 걸어주기 전까진 누군지도 모를 거예요."

그리고 나는 속으로 덧붙인다.

'이런 나를 감당할 수 있겠어요?'

"슬픈 얘기네요. 안면인식장애에 대해서 기사로 본 적 있어요. 정도에 따라서 다르지만, 영화관에서 억지로 일해야 할 정도로 심각한 상태신가요?"

"억지로 하는 건 아니에요."

"지금 제 얼굴도 안 보여요?"

"네. 전혀요."

한결같은 내 태도에 경준 씨는 속이 타는지 테이블에 놓여 있던 물을 벌컥 들이켠다. 그런 모습에 나는 조금 미안한 감정이 들었지만, 어차피 안 될 인연은 빨리 끝내는 게 시간을 낭비하는 것보다 나았다.

"혹시 수술 같은 건 가능한 병인가요? 아니면 비싸도 좋으니 약이라도…."

"의사 선생님이 그러는데 제 뇌가 무언가를 간절히 보지 않길

원하고 있대요. 그래서 사람들 얼굴이 보이지 않는 거라고. 그게 뭔지는 잘 모르겠어요. 수술도 불가능하대요. 애초에 수술할 돈도 없지만요."

"그래도 예전에는 잘 살았다고 들었어요. 아버지께서 음반회사를 운영 중이셨다고…."

"네. 돌아가시고 나서 투자하셨던 돈이 고스란히 빚이 되었지만, 한때는 저도 능력 있는 부모님 밑에서 자랐었죠. 지금은 경준 씨가 주문한 음식 값을 어떻게 낼지 고민할 정도지만요."

"아니요. 제가 정한 레스토랑인데 제가 내야죠. 주문도 제가 한 걸요."

"얻어먹는 데에는 취미가 없어서요."

돈을 대신 내달라는 뜻이 아니었다. 나는 당신과 다른 세상을 살고 있는 여자라는 걸 말해주고 싶었다. 그런데 그는 아무래도 지금 내 마음을 잘 모르는 것 같았다. 웨이터가 주문한 음식을 가지고 와서 내 앞에 내려놓는다. 향긋한 소고기의 냄새와 은은한 버터 향이 코를 찌른다. 오랜만에 이런 음식들을 먹을 생각에 행복해졌지만, 곧 가격을 생각하니 덜컥 겁이 난다.

"자, 여기요."

경준 씨가 손을 내밀어 먹기 좋게 자른 자신의 스테이크를 내게 주었다. 솔직히 말해서 조금 부담스럽다.

'나도 이 정도는 할 수 있는데.'

잘 썰린 스테이크 한 조각을 포크로 찍어 입에 넣는다. 어금니로 잘근잘근 씹었더니 향긋한 허브 향과 고기의 육즙이 내 혀를 가득 감싼다. 정말 맛있다. 의무가 아닌 음식을 맛으로 먹는 건 실로 오랜만이었다.

"저는 조그마한 사업을 하고 있어요. 시작한 지는 얼마 되지 않았지만, 벌써 점포를 다섯 개나 냈어요."

경준 씨는 자랑스럽다는 듯이 와인을 한 모금 들이킨다. 내가 아무런 반응이 없자 머쓱하게 웃는다.

"미안해요. 제가 이런 자리는 처음이라 어떤 반응을 해야 할지 모르겠어요."

"아니에요. 괜찮아요. 음식은 입에 좀 맞나요?"

"네. 정말 맛있어요. 그런데 있잖아요…."

갑자기 밀려드는 불안감에 나는 일부러 말끝을 흐린다. 더는 참을 수 없었다. 사람들의 얼굴이 보이지 않기 시작했을 때부터 나의 사회와 일상은 이미 끝이 났었다. 그런데 이제 와서 맞선이라니…. 연희의 부탁에 나왔지만, 서글프게도 이 자리의 결말이 어떨지는 스스로 잘 알고 있었다.

누구에게는 일상적이고 평범한 대화였겠지만, 내게는 너무나 불편하고 이해할 수 없었다. 호감과 비호감의 차이가 아니었다.

그냥 지금 이 자리가, 이 공간이 너무 불쾌하고 답답했다. 분을 못 이겨 금방에라도 뛰쳐나갈 듯이 지금 내 머릿속은 이성과 지성이 얽혀 싸우고 있었다.

"네, 혜린 씨 편하게 말해도 돼요."

"정말 죄송해요…."

"네? 뭐가요?"

"정신 나간 여자라 해도 좋아요. 하지만 저는 지금 이 순간이 너무 답답해요. 경준 씨 정말 좋은 사람 같은데 너무 미안해요. 저도 제가 왜 이러는지 모르겠어요."

말이 끝남과 동시에 무언가 터지듯 슬픔이란 감정이 내 주위를 에워싼다.

예고도 없이 흘러버린 눈물은 이미 담을 수 없는 줄기로 변해 있었다. 시야가 뿌옇게 흐려졌다. 내 주변이 빙빙 돌듯 머리도 어지러웠다. 당장 이곳을 나가야만 할 것 같았다.

"미안해요. 정말."

나는 어지러운 머리를 부여잡았다. 주변을 살폈다. 들어온 문이 보였다. 경준 씨가 뒤에서 내 이름을 크게 불렀다. 하지만 돌아볼 수 없었다.

* * *

그렇게 한참을 걸었다. 반복되는 높은 건물과 많은 자동차. 차가운 밤공기에 머리가 식었는지 어지러움은 조금 사라진다. 서울이라 그런지 주변에 지나가는 사람들이 많았다.

나는 서울 한복판에서 이마를 부여잡으며 여자가 울고 있으면 어떤 일이 일어나는지 잘 알기에 인적 없는 건물의 비상계단으로 향했다.

세상에 신이 존재한다면 묻고 싶다. 대체 나한테 왜 그러는지.

내게서 모든 걸 빼앗아 갔으면 견딜 수 있는 육체나 정신을 주었어야 했다. 하지만 그는 그러지 않았다. 시도 때도 없이 밀려드는 슬픔과 우울의 결정체들이 종종 나를 비참하게 무너뜨렸다.

이번에도 그랬다. 분명 경준 씨는 나쁜 사람도 아니고 나에 대한 반응도 지극히 정상적이었다. 그런데 나는 아니었다.

처음 보는 사람에게 나의 아픔을 공감해주길 바랐다. 모든 걸 이해하고 나를 감싸주길 바랐다. 두 번 다시 나를 두고 떠나가지 않기를 바랐다.

나 자신이 너무 미웠다. 신도 미웠고, 나를 이런 자리에 밀어 넣은 연희도 미웠다.

주머니에 손을 넣었다. 다리 사이에 얼굴을 파묻은 채로 한참을 흐느끼고 울었다. 그런데 코트에서 진동이 느껴진다. 연희의 전화였다.

"너 정말 왜 그래?"

전화기 너머로 연희의 신경질적인 목소리가 들렸다.

"내가 말했잖아. 누구를 만나기에는… 아직 많이 힘들어."

목에 힘을 주었다. 울먹거리지 않으려고 노력했다. 하지만 헛수고였다.

"내가 어떻게 마련한 자리인데, 갑자기 이상한 소리를 하고 사라졌다고? 적어도 상대방이 마음에 들지 않더라도 자리에는 끝까지 있어야 하는 거 아니야? 주선한 내가 뭐가 되겠어?"

"나도… 있잖아. 노력했어. 정말로… 버틸 수가 없었어."

"노력은 나도 많이 했어!"

연희가 소리쳤다. 심장이 덜컥 내려앉는다. 간신히 참고 있던 울음이 터져버렸다. 감정이 북받쳐서 그런지 숨쉬기가 힘들었다. 딸꾹질처럼 짧고 굵은 호흡이 반복됐다.

나는 아무 말도 하지 않았다. 계속해서 숨죽인 채로 연희의 말을 들었다.

"지난 2년 동안 같이 지내면서 네가 힘든 거 다 아니까 참아주고, 이해해주고 항상 내가 먼저 양보했어. 그런데 언제까지 그렇게 살 건데? 바보처럼 매일 울기만 하잖아. 그래서 내가 너한테 조금이라도 도움 되지 않을까 해서, 꼭 만나진 않더라도 좋으니까 한 번 선이라도 보라고 한 건데 자리에 앉아있는 것도 그렇게 힘들었어?"

"그래… 네 말이 다 맞아. 나도 그거 하나 못 버티는 내가 너무 한심해. 너는 내가 답답하지? 그런데 나는 정말로 미쳐버릴 것 같다고!"

내가 소리쳤다. 그러자 눈물이 조금은 사그라졌다.

"그러면 조금이라도 예전처럼 돌아가려고 노력이라도 해봤어? 세상에서 제일 유명한 영화감독 되겠다며. 이제 그 꿈은 다 포기한 거야? 밥도 안 먹고, 말도 안 하고 그러면서 뭘 하겠다고? 누구를 만나려고 시도는 해봤어? 미치겠다고? 나는 지금 돌아버릴 것 같거든? 제발 무슨 말이라도 해봐!"

"노력했어. 오늘도 네가 소개해준 사람과 어떻게든 잘 해보려고 용기 내서 왔는데…. 이해할 수 없었어. 아니, 내가 좀 이기적인 걸지도 몰라. 비싼 음식을 시켜주는 사람보다 내가 어떤 걸 좋아하고 무엇을 먹고 싶은지 물어보는 사람이었으면 좋겠어. 그 사람이 와인보다 이야기하며 카페에서 마시는 핫초코를 더 좋아했으면 좋겠고, 무슨 일을 하고 얼마를 버는지 물어보는 것보다 어제는 무슨 꿈을 꿨는지, 밥은 먹었는지 다정하게 물어보는 사람이길 바랐어….”

“혜린아… 그런 사람은 세상에 없어.”

나는 전화를 끊었다.

• • •

나는 근처 술집으로 들어갔다. 평소에는 잘 마시지 않았던 술을 주문한다. 안주는 필요 없었다. 그저 지금 이 상황을 맨 정신으로 견딜 수 없을 뿐이었다.

술집의 무대에는 기타를 멘 무명가수가 슬픈 노래를 부르고 있었다. 기분과 딱 어울리는 선곡이었다.

핸드폰의 진동이 울린다. 출판사에서 이현 씨의 전화번호가 담긴 문자메시지였다.

나는 맥주 컵에 소주를 따랐다. 그대로 한번에 마셨다. 살짝 취기가 올라온다. 지금은 혼자 있기 싫었다. 연희는 부를 수 없었다.

나는 핸드폰을 들고 이현 씨에게 전화를 걸었다.

Episode 5-1.

남자의 첫사랑

2015년 11월 11일 이현

“그러면 이렇게 해요. 우리.”

혜린 씨가 궁금하다는 눈빛으로 날 쳐다봤다.

“어떻게요?”

“혜린 씨가 제 얼굴을 못 알아봐도 항상 제가 먼저 혜린 씨 알아보고 손잡아 줄게요. 비록 지금 저는 무명작가에 불과하지만, 우리 이야기를 담은 멋진 소설로 꼭 성공할 거예요. 그래서 혜린 씨 빚도 다 갚아 주….”

“미안해요.”

“…네?”

“저를 좋아하지 말아요.”

떨리던 손이 멈췄다. 나는 혜린 씨를 똑바로 바라봤다. 무표정이었다. 아무 감정도 없어 보이는 그런 표정.

"제가… 싫어요? 아니면 제가 별로예요? 얼굴에 흉터가 있어서 징그러워요? 아니면…."

"그만해요. 이현 씨."

그녀가 내 앞에서 한 걸음 물러섰다.

"정말 다들 왜 그래요? 제가 무섭다고 말했잖아요. 이현 씨가 부족하거나 싫은 게 아니에요. 지금 제 상황이, 마음이 아무것도 받아들일 수가 없어요. 사실 오늘도 선보고 왔어요. 그러다가 덜컥 겁이 나서 도망쳤어요. 그런데 믿고 있던 이현 씨까지 저한테 이러면 저는 이제 어떡해요?"

"…."

"빚은 또 왜 이현 씨가 대신 갚아줘요? 저는 남한테 밥 한 끼조차 얻어먹질 않아요. 그게 또 다른 빚이 될까 봐, 언젠가 나를 짓누를까 봐 무서워서…. 내가 나중에 돈 많이 벌어서 다 갚을 거예요. 그러니까 빚 대신 안 갚아줘도 되고, 먼저 손잡아 주지 않아도 돼요."

나는 아무 말도 할 수 없었다. 혜린 씨는 금방에라도 울음을 터뜨릴 듯 씩씩거렸다. 내가 싫은 걸까? 아니면 정말 다른 이유가 있는 걸까? 수십 가지의 생각이 머릿속을 맴돌았다.

그런데 혜린 씨의 표정을 보니 진심인 것 같았다. 정말로 내 흉터가 징그러운 게 아니라면, 내가 부족하고 초라해 보이는 게 아니라면 정말 상처 때문일까? 내가 싫은 게 아닐까? 알고 싶어 미칠 것만 같았다.

"그러면 하나만 대답해줘요. 그럴 수 있겠어요?"

그녀가 고개를 끄덕였다.

"제가 부끄러워요?" 그녀가 고개를 저었다.

"아니면 불쌍해요? 멍청해 보여요? 바보 같아요?"

"자꾸 왜 그런 말을 하는 거예요? 전 그런 생각 단 한 번도 해본 적 없어요."

"그러면 됐어요. 우리 해요. 친구."

"이제 와서 어떻게 친구로 지내자는 거예요."

"그럼 어떡해요? 이대로 헤어져요? 이제 없던 일 해요? 태어나서 처음으로 날 보고 웃어준 사람인데, 날 사람답게 생각해준 사람인데 어떻게 이대로 보내요? 대답 들을 때까지 못 보내요."

"당신이 날 좋아하는 걸 아는데, 포기하지 않을 거란 걸 잘 아는데 어떻게 그러겠어요? 거짓말하면서, 친구라고 스스로 속이면서 계속 절 만나면 서로 더 힘들어질 뿐이에요. 길지 않았던 인연 여기서 끝내요."

"그럼 포기할게요."

나는 그녀에게 손을 내밀며 악수를 청했다. 그녀는 아무 미동도 하지 않았다. 나는 억지로 그녀의 손을 잡았다. 그리고 악수를 했다.

“이제… 이제 우리 친구 한 거예요. 내가… 정말 친구 집까지 데려다주고 싶은데…, 오늘은 먼저 가 봐야 할 거 같아서…. 무슨 말인지 알았죠? 나중에 연락할게요. 조심히 들어가요.”

나는 울먹임을 꾹 참은 채 그녀를 등지고 돌아섰다. 마침 신호등에 초록 불이 들어왔다. 횡단보도를 건너면서 혹시라도 그녀가 날 불러주지 않을까 기대했다. 하지만 아무 일도 일어나지 않았다.

건널목에 서 있던 택시를 잡았다. 창문 사이로 밖을 바라봤다. 아직도 그곳에 혜린 씨가 가만히 서 있었다.

“부천으로 가 주세요.”

택시가 움직였다. 그녀가 시야에서 점점 멀어져갔다. 눈물이 났지만 참을 수 있었다. 적어도 오늘 아침까지만 해도 다시는 만날 수 없을 거라고 생각했는데 이렇게라도 만나게 돼서 정말 다행이었다. 아니 그렇게라도 생각하려고 노력했다. 눈물을 참기 위해 허벅지를 꽉 꼬집었다. 눈물이 멎었다. 정말로 괜찮았다. 이제는 뒤돌아보아도 혜린 씨가 보이지 않았다.

택시에서는 라디오 소리가 흘러나왔다. 부드럽고 편안한 여자 목소리였다. 사연을 소개해주고 그에 맞는 음악을 들려주는 프로그램인 것 같았다. 그런데 차량 소리에 묻혀 잘 들리지 않았다. 나는 기사님께 라디오 소리를 높여달라고 요청했다.

라디오에서는 머라이어 캐리의 'All I want for christmas is you'가 흘러나왔다.

신나고 경쾌한 캐럴이 택시를 가득 메웠다. 그런데 이상하게도 참고 있던 눈물이 터졌다. 분명히 신나는 노래인데, 왜 눈물이 나는지 알 수 없었다. 한 번 더 허벅지를 꼬집었다. 이번에는 효과가 없었다. 캐럴 소리가 무척 컸다. 아마도 내 울음소리마저 가려줄 것 같았다. 그만 참지 못하고 소리 내어 흐느꼈다.

• • •

2015년 11월 18일 이현

일주일간 아무것도 먹지 못했다. 그녀가 자꾸 신경 쓰여서 할 수 있는 게 없었다. 내가 너무 성급했던 걸까? 알 수 없었다. 거절에 당황해버린 채 허겁지겁 도망쳐 나오느라 제대로 인사도 하지 못했다. 어쩌면 내가 초라하고 보잘것없어서 그랬을지도 모른다. 하지만 혜린 씨가 나를 친구로 생각했었다는 것만큼은 확실해 보였다. 처음으로 날 친구로 생각해 준 사람을 이렇게 떠나보낼 순 없었다.

늦은 점심, 끼니도 거른 채 영화관에 들렀다. 엘리베이터를 타고 6층에서 내렸다. 내가 그녀를 처음 만났던 곳에는 그녀가 아닌 다른 사람이 서 있었다. 그럼 그렇지. 아직 실망하긴 일렀다.

5층으로 내려가서 매표소에 들렀다. 그곳에도 역시 다른 사람이 있었다. 그런데 옆 매점에서 뒤돌아 있는 여자에게 익숙함을 느꼈다. 아담한 키에 한 갈래로 묶은 가지런한 검은색 머릿결을 보니 알 수 있었다. 분명 혜린 씨였다.

나는 그곳으로 달려가서 팝콘을 사기 위해 서 있는 줄에 끼어들었다. 이윽고 내 차례가 되자 혜린 씨는 가면을 쓴 나를 알아보았다.

"여기는 왜 왔어요? 자기 멋대로 이상한 말을 하더니 가버렸으면서."

그녀가 툴툴거리며 말했다.

"그날은 제가 잘못했어요. 혜린 씨. 미안해요."

"뭐가 미안해요? 미안할 것 없어요. 일하는 중이니까 이만 가세요."

그녀는 몸을 휙 돌린 채 주문을 받기 위해 옆 매대로 이동했다. 나는 부랴부랴 게걸음으로 따라가며 말을 걸었다.

"정말 미안해요. 내가 이기적이었어요. 다시 친구가 될 기회를 주세요."

"다음 고객님 주문 도와드릴게요."

"혜린 씨. 10분 만이라도 얘기해요. 이번엔 제가 음료 살게요."

"주문하실 고객님 안 계세요?"

"미안해요. 혜린 씨 제 말 좀 들어봐요."

"이현 씨. 계속 이러시면 곤란해요. 이러다 매니저님이라도 보시면 혼…."

호랑이도 제 말 하면 나타난다던데, 갑자기 뒤쪽에서 열린 문으로 매니저로 보이는 사람이 나타났다. 말끔하게 차려입은 정장과 가슴팍에 달린 명찰이 그것을 증명했다. 그런데 혜린 씨가 매우 당황스러워 했다. 왠지 내가 큰 잘못을 저지른 것만 같았다.

"안녕하세요. 고객님 무슨 문제 있나요? 저희 직원이 실례라도…?"

그가 친절하게 내게 물었다.

"아… 문제는 아니고요. 혜린 씨에게 할 말이 있어서 왔는데, 잠깐이면 돼요. 업무에 방해되지 않도록 할게요."

"아니요. 할 말 없어요. 매니저님 괜찮아요. 아무 일도 아니에요."

내 말을 들은 혜린 씨가 재빨리 손사래를 치며 말했다.

"음, 내가 보기엔 아닌 것 같은데요? 30분 정도 시간이 비니까 휴식시간 드릴게요. 두 분 얘기하고 오세요."

"감사합니다."

내가 인사했다. 혜린 씨는 고개만 까딱하고 매니저에게 안 그래도 됐다며 속삭이듯 투정부렸다.

"참 고맙네요. 뜻밖의 휴식을 줘서."

혜린 씨가 비아냥거리며 나를 쳐다봤다.

"고맙죠? 그러면 보답으로 제가 사과할 기회를 주세요. 어때요? 이번엔 제가 살게요."

"그러시든가요."

우리는 영화관 바로 옆 카페에 들어가 앉았다. 다행히 가면을 쓰고 있어서 무척이나 긴장하고 있는 내 표정을 혜린 씨가 보지 못했다.

"이제 29분 남았어요."

혜린 씨가 시계를 가리키며 말했다. 그사이 종업원이 내게 다가와 무엇을 시킬 건지 물었다. 나는 핫초코 2잔을 부탁했다.

"이기적으로 생각해서 미안해요."

생각보다 꺼내기 힘든 말이었다. 주어진 시간인 30분 안에 혜린 씨를 설득해야 했다.

"나는 대체 이현 씨가 나한테 왜 사과하는 건지 모르겠어요."

"그야 당연히 제가 이기적으로 생각하고 혜린 씨를 당황하게 만들어서…."

"이기적으로 행동한 건, 저도 마찬가지예요. 이현 씨한테 화를 냈으니까요."

"그건 괜찮아요. 저같이 초라하고 보잘것없는 사람이 혜린 씨를 좋아한다고 말했으니까…."

"사과하세요."

"네?"

"방금 한 말. 사과해요. 본인한테."

"그게 무슨 말이에요?"

"이현 씨가 왜 초라하고 보잘것없어요? 저는 전혀 그렇게 생각하지 않아요. 단지 제가 지금 너무 힘들 뿐이에요. 친구가 필요했고요."

"하지만 전 친구를 사귀어 본 적도 없고, 얼굴에 징그러운 흉터가 있어서 정상적인 사회생활을 겪어본 적이 없어요. 아름다운 혜린 씨에 비해선 한없이 초라한 사람이 맞아요."

"어차피 저는 이현 씨 얼굴을 볼 수 없는걸요?"

"볼 수 없다 해도 저는 평생을 가면 속에 숨어 살아왔어요. 하루하루 사는 게 아닌 버틴다는 생각으로 지냈죠. 앞으로도 평생 이런 지옥 같은 나날들이 반복되겠다고 생각했어요. 가면을 벗은 나는 상상도 할 수 없는 채로."

"사람은 내면이 더 중요한 거예요."

"하지만 흉측한 외모를 가진 사람의 내면 따위는 아무도 알고 싶어 하지 않아요."

"그래서 앞으로도 평생 가면을 쓴 채 숨어서 살 거예요?"

"그럴 예정이었죠. 그런데 어느 날 문득 제 앞에 혜린 씨가 나타났어요. 어두운 밤하늘 속 빛나는 별 같았어요. 정신을 차릴 수가 없었어요. 그러다 보니 마음이 제멋대로 움직이다가 결국 그렇게 된 거예요. 미안해요. 할 말이 이것밖에 없네요."

"고작 그 말 하려고 매니저님까지 불러내서 여기 온 거예요?"

혜린 씨는 진정으로 하고 싶은 말이 뭐냐는 듯 나를 추궁했다. 나는 고개를 푹 숙였다.

"가면을 벗고 새 삶을 살아갈 수 있게 도와줘요. 혜린 씨가 내 친구가 되어 줘요. 저는 친구가 필요하고 그게 혜린 씨였으면 좋겠어요."

"저는 좋은 친구가 되어 주지 못할 수도 있어요. 오히려 피해만 줄 수도 있죠."

"괜찮아요. 제 인생의 첫 친구. 당신이었으면 좋겠어요. 지금 쓰고 있는 소설도 다 혜린 씨 덕분이에요. 언젠간 완성해서 보여주고 싶어요. 당당하게 친구로서."

혜린 씨는 고민하는 눈치였다. 마음이 초조해져 갔다. 나는 입술을 꽉 문 채 대답을 기다렸다.

"알겠어요. 대신에 부탁인데… 날 좋아하지 말아요."

그녀가 차가운 목소리로 말했다.

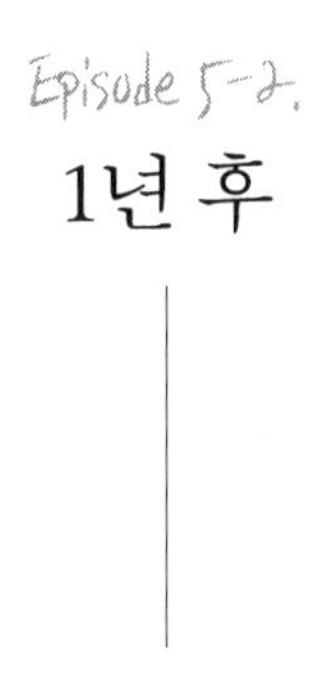

1년 후

2016년 11월 21일 이현

“요즈음 대세죠? 소설가 H씨를 모시겠습니다. 큰 박수로 맞이해주세요!”

사회자가 내 이름을 호명했다. 조금 전까지만 해도 아무렇지 않았는데 수백 명의 환호성이 들리자 등에서 식은땀이 흘렀다.

나는 비뚤어진 가면을 고쳐 썼다. 그리고 무대 위로 올라섰다. 사회자가 나를 반기며 환영했다.

“편하게 앉으세요. 네 반갑습니다. 간단한 자기소개 부탁드릴게요.”

무대에 오르자 많은 관객이 나를 둘러싸고 있었다. 이제는 인기가 실감날 때도 됐지만, 이런 방송에 혼자 서는 건 여전히 떨리고 힘든 일이었다. 관객석 맨 앞줄에서 반가운 얼굴이 보였다. 관객석에 앉아 있는 많고 많은 사람 중 가장 예쁘고 빛나는 혜린이는 나를 격려하듯 연신 파이팅을 외쳤다.

"안녕하세요. 소설 『디미누엔도』의 저자 H입니다. 반갑습니다."

"네. 최근 국내 장르소설 중에서는 압도적인 판매량을 기록하고 있는 『디미누엔도』의 밀리언셀러 등극이 얼마 남지 않았는데 기분이 어떠세요?"

"제가 쓴 소설이 이렇게 사랑받을 줄 몰랐습니다. 정말 감사드립니다. 그리고 이 소설을 쓰게 해준 여자 주인공에게도 감사의 말을 전합니다."

나는 말을 끝맺음과 동시에 혜린이를 바라봤다. 혜린이는 쑥스럽다는 듯이 손을 저었다.

"H씨. 『디미누엔도』는 다른 소설과는 달리 실화를 기반으로 만들어졌다는 게 사실인가요?"

"네. 저는 1년 전까지만 해도 인기 없는 무명작가에 불과했습니다. 소설에도 나와 있듯이 얼굴에는 징그러운 흉터가 있고요, 이렇게 사회와 격리되어 살아가던 제게 어느 날 갑자기 나타난 그녀와의 이야기를 그대로 글로 적었습니다. 그런데 그게 대박이 날 줄은 꿈에도 몰랐어요."

"그렇군요. 하고 싶은 질문이 많은데, 우선 소설 『디미누엔도』의 결말엔 두 주인공이 행복하게 만나서 끝이 나는데 현재 H씨의 상황도 소설과 같나요?"

"음, 아닙니다. 그녀와 제가 만나서 일어나는 일을 그대로 쓴 실화 기반의 소설이기는 한데, 중간부터는 모두 픽션이에요. 그녀와는 좋은 친구로 지내고 있습니다."

"혹시 가면을 벗고 얼굴을 공개하실 생각은 없으신가요? 많은 독자 분이 H씨의 얼굴을 궁금해 하고 있어요."

"아마 그럴 일은 없을 것 같습니다. 많이 징그럽거든요."

"독자들에게 하고 싶은 말이 있나요?"

"현재 차기작으로 『데크레센도』라는 작품을 계획 중입니다. 아마도 이번 작품이 마지막 작품이 될 것 같은데요. 소설 『디미누엔도』를 각색한 이야기입니다. 기대하셔도 좋습니다."

첫 번째 녹화 방송이 끝났다. 대기실로 돌아가자 〈페이지일레븐〉 출판사 팀장님이 소파에 앉아 있었다. 오랜만에 보는 반가운 얼굴이었다.

"잘했어요. 우리 출판사는 이현 씨가 이렇게 될 줄 처음부터 알고 있었어요."

팀장님은 박수와 함께 농담으로 나를 맞이했다.

"네 감사해요. 이게 다 먼저 제안해 주신 팀장님 덕이죠."

"그런데 이현 씨, 인터뷰에서 차기작 언급을 했는데 사실이에요?"

팀장님이 은근슬쩍 계약서와 인주를 들이밀었다. 팀장님은 그동안 친형이나 아버지처럼 날 챙겨주긴 했지만, 이럴 땐 일밖에 모르는 사람 같았다.

"이러지 않으셔도 계약하려고 했어요."

나는 읽어보지도 않은 계약서에 지장을 찍었다.

"아! 좋은 소식이 더 있어요. 내일 <썸타임즈>지에서 인터뷰 요청이 있었고, 다음날은 팬 사인회를 하려고 하는데 괜찮아요?"

"이번이 마지막 방송이라고 하셨잖아요. 지난 한 달간 너무 피곤했어요. 좀 쉴 수 있을까요? 보고 싶은 얼굴들이 있는데, 통 시간이 나질 않아서요."

"그래도 밀리언셀러 등극이 얼마 남지 않았는데…."

"저는 밀리언셀러보다 더 중요한 게 있거든요."

내가 말했다. 팀장님은 소설가의 최고 목표인 밀리언셀러에 등극하는 것보다 더 중요한 게 뭐가 있느냐고 계속해서 나를 설득했다. 하지만 나는 내 소설이 밀리언셀러가 되는 것보다 혜린이를 만나는 게 더 행복하고 중요한 일이었다.

지난 일 년간 예상치 못한 『디미누엔도』의 대박으로 인해 내 삶의 질은 완전히 달라졌다. 이제는 허름했던 임대아파트에서 지내던 불쌍하고 소심했던 나는 더 이상 없었다. 소설이 50만 부가 넘게 팔리자 출판사에서는 고급 아파트와 운전기사까지 딸린 자동차를 빌려주었다. 통장에는 상상도 못 했던 9자리의 숫자들이 하루가 다르게 늘어나고 있었고, 끔찍한 흉터를 가리기 위해 쓰고 다녔던 가면은 어느새 소설가 H의 마스코트가 되어 있었다.

이제는 어디를 가도 나를 무시하는 사람은 없었다. 오히려 신문이나 잡지사에서는 나를 가난과 불행을 딛고 성공한 인물로 소개하고 있었고 더 이상 내가 갖지 못할 것은 없었다. 딱 하나만 빼고.

"전 이만 가 볼게요. 친구 분들이 오셨네요."

팀장님이 문 쪽을 가리켰다. 그곳엔 연희 누나와 혜린이가 꽃을 든 채 서 있었다. 둘은 팀장님께 가볍게 목례한 뒤 내 곁으로 다가왔다.

"내 친구 성공했네. 축하해."

혜린이가 내게 커다란 꽃다발을 내밀었다.

"고마워. 연희 누나도 오셨네요?"

내가 말했다. 연희 누나가 밝은 미소로 화답했다.

"난 왜 혜린이고 연희는 누나야?"

혜린이가 장난스럽게 물었다. 나는 네가 먼저 친구 하자고 했으면서 이제 와서 딴소리 말라고 되받아쳤다.

오랜만에 보는 반가운 얼굴들이었다. 가만히 앉아서 서로 시시콜콜한 농담을 주고받는 것만으로도 행복했다. 특히 머리를 밝은 갈색으로 염색한 혜린이에게서 눈을 뗄 수 없었다. 게다가 무슨 일인지는 모르겠지만, 들떠 있는 혜린이의 모습을 보니 예전보다 많이 좋아진 것 같아서 다행스러웠다.

그런데 연희 누나의 표정이 심상치 않았다. 내게 중요하게 할 말이 있는 것 같았다. 마침 신나게 떠들던 혜린이가 화장실을 간다며 자리에서 일어났다.

"나 잠깐 화장실 좀 다녀올게. 아까 내가 다 긴장돼서 물을 많이 마셨거든."

혜린이가 대기실 문을 열고 나갔다. 그러자 연희 누나가 심각한 눈빛으로 나를 바라봤다. 가면을 쓰고 있어서 다행이라고 생각했다.

"누나 왜 그래요? 무슨 일 있어요?"

내가 조심스럽게 물었다.

"아니. 너 언제까지 그럴 거야?"

"네? 뭐가요?"

"모를 줄 알았니? 한국 영화 아카데미에서 연락이 왔었어. 혜린이 대학 기록을 보고 다시 입학하면 전액 장학금을 지원해준다는 게 말이 돼? 이미 졸업은 3년 전에 했었는데…. 말도 안 되잖아. 이번에도 너 맞지?"

나는 자리에서 느긋하게 일어났다. 그리고 정수기로 다가가 뜨거운 물이 담긴 찻잔에 홍차 티백을 넣었다.

"누나, 홍차 마셔요?"

"대답해 너 맞지?"

나는 홍차가 담긴 찻잔을 연희 누나 앞에 조심스럽게 놓았다. 코끝을 덮는 얼그레이의 향이 무척 달콤했다.

"맞아요. 혜린이 꿈이 영화감독이잖아요. 하고 싶은 걸 하면 마음의 병이 조금 더 나아지지 않을까 싶어서 그런 거예요. 혜린이가 뭘 주면 받는 성격은 아니잖아요. 그래서 비밀로 했어요."

"아예 빚까지 다 갚아주지 그러니?"

연희 누나가 나를 비꼬았다.

"그건 들킬 위험이 너무 커서 아직 못했어요." 나도 맞받아쳤다.

"그래, 확실하게 혜린이가 예전보다는 많이 좋아졌어. 인정할게. 며칠 전에는 씻으면서 콧노래를 부르더라고. 그건 나도 좀 놀랐어."

"다행이네요."

"다 네 노력 덕분이었다는 걸 알아. 그런데 내가 걱정하는 건 다른 사람처럼 너도 언젠가 떠나가 버린다면 이번에는 혜린이가 감당할 수 없을 거야."

"전 안 떠나요. 혜린이가 제 삶의 전부고 이유인데 그럴 이유가 없잖아요?"

"아니. 남자와 여자는 친구가 될 수 없어. 계속 이런 식으로 가다간 언젠가 서로 멀어지는 날이 올 거야. 그 전에 네가 혜린이를 잡아야 해."

순간 내 입에서 '잘 알지도 못하면서.'라는 말이 목젖까지 올라왔다. 나는 마음을 진정시키기 위해 홍차를 한 모금 들이켰다.

"제가 그 누구보다 많이 노력하고 있어요. 그런데 아직은 아니에요. 혜린이가 완전히 치유될 때까지는 마음을 숨기고 있어야 해요. 또 다시 멀어진다면 그땐 저도 감당할 수 없을 거예요."

"너는 예전부터 참을성이 많았지. 성공하고 나서 여유가 더 많아진 거야? 그러다 놓쳐버리면 분명히 둘 다 상처받을 거야. 그러니…."

"힘든 건, 저도 마찬가지예요!"

내가 소리쳤다. 여유? 내 인생 사전에는 그런 달콤한 단어는 없었다. 내 소설이 성공하든 못 하든 간에 나는 그동안 혜린이만 바라보고 달렸다. 내가 힘든 것보다 혜린이가 언제 어디서 어떻게 상처받을까 두려웠고, 내 시선은 온통 혜린이뿐이었다.

1년 전 내가 사랑 고백을 했을 때 한 달간 아무 얘기도 못 하고 지옥처럼 서먹서먹하게 지냈던 기억이 떠올랐다. 이번에도 다시 그런 일이 벌어진다면 혜린이뿐만 아니라, 나도 감당할 수 없을 것만 같았다. 그래서 누구보다 초조하게 조심스럽게 기다려 왔는데 연희 누나가 아무 생각 없이 내뱉은 여유라는 말에 순간 그동안 눌려왔던 분노가 터져 나왔다.

"혜린이를 처음 만났을 때부터 지금까지 단 한 번도 포기해 본 적 없어요. 앞으로도 그럴 거고요. 그러니까 혜린이가 다 나을 때까지만 누나가 옆에서 잘 보살펴 주세요. 저는 평생도 기다릴 수 있어요."

"하지만… 너무 늦어서는 안 돼 현아. 계속 겁내다간 모든 걸 놓쳐버리고 말 거야."

나는 고개를 끄덕였다.

'아직은 좀 더 기다려야 해요.'

• • •

출판사에서 지원해 준 숙소에 들어와 형광등을 켰다. 버튼 하나를 누르자 3개의 방과 2개의 화장실의 불이 모두 들어왔다. 그런데 어째서인지 이토록 밝은 방 안은 쓸쓸하게만 느껴진다. 45층의 빌딩은 나에겐 어울리지 않는 너무 높고 먼 공간이었다.

분명 나는 1년 전과 많이 달라졌다. 평생 없을 줄만 알았던 친구도 생겼고, 내 이름으로 된 팬 카페의 회원 숫자는 벌써 만

명이 넘었다. 그런데도 외로움은 항상 내 곁에 존재하고 있었다.

생각해 보았다. 그동안 바뀐 것은 모두 외적인 것이었다. 정작 바뀌어야 할 나 자신은 비참하고 초라한 모습의 불쌍한 청년이었다. 언제나 그렇다. 사람은 쉽게 바뀌지 않았다.

빽빽한 일정으로 인해 쉬지 못했던 지난달과는 달리 이번 주는 꽤 여유로웠다. 나는 그동안 미뤄왔던 일을 하기로 마음먹었다. 우선은 노트북을 켜고 소설『데크레센도』의 집필을 시작했다.

지난 한 달간 소설을 쓰지 못했기에『데크레센도』의 이야기도 2016년 10월에 멈춰 있었다.『디미누엔도』가 내가 바라는 상상 속의 나와 여 주인공의 이야기였다면,『데크레센도』는 지난 1년간 내가 겪은 이야기 그 자체였다.

소설 한 장을 쓰는 데만 거의 두 시간이 걸렸다. 내 이야기를 직접 쓰는 것이기에 아이디어나 묘사가 어려운 게 아니었다. 문제는 계속해서 들리는 옆집의 빌어먹을 색소폰 소리 때문이었다.

'이 아파트는 대체 공사를 어떻게 한 거야?'

잘 부르면 모를까 계속해서 삑삑대는 소리를 더는 참을 수 없었다. 나는 서랍장에서 아무 가면이나 꺼내 덮어쓴 채 4502호로 향했다. 초인종을 눌렀다. 마음속으로 10초를 셌다. 이윽고 문이 열리자 담배 냄새가 코를 찔렀다.

"누구요? 이 야심한 밤에 나를 찾은 손님이."

걸걸한 목소리의 중년 남자는 불쾌한 기색으로 나를 맞았다. 그는 덥수룩한 콧수염에 짧은 스포츠머리를 하고 있었는데 하얀 머리털과 콧수염 때문에 이국적인 느낌이 들었다.

"옆집 4501호에 이사 온 이웃입니다. 야심한 밤에 댁께서 부는 색소폰 소리에 일할 수가 없어서요. 조금만 조용히 해주시겠습니까?"

나는 말을 최대한 정중하게 그러나 조용히 해달라는 의도를 담고 직설적으로 또박또박 내뱉었다. 그런데 내 말을 들은 이 남자 표정이 심상치 않다.

"한창 절정에 다다랐는데 날 방해하다니! 그 빌어먹을 가면은 또 뭐야?"

담배 때문인지 아니면 태어날 때부터 그랬는지 모르겠지만 4502호의 중년 남자는 공격적인 허스키한 목소리로 불만을 표출했다.

평소 나도 키가 작은 편은 아니었는데, 이 중년 남자 앞에 서자 나 자신이 작은 꼬맹이로 느껴졌다.

"옆집에서 글을 쓰고 있는 사람입니다. 늦은 밤에 색소폰 소리가 너무 커서 방해가 됩니다."

"방해되는 건 지금 당신이야! 글을 쓰는 게 뭔 대수라고!"

독특한 억양과 개인주의적인 성격을 보니 미국계 한국인 같았다. 나는 재차 조금만 소리를 줄이거나 아침에 연습해 달라고 요청했다. 그러나 돌아오는 건 영어로 된 욕들이었다. 말이 전혀 통하지 않았다. 나는 할 수 없이 다시 집으로 돌아가려고 했다. 그런데 갑자기 그 남성은 나를 불렀다.

"잠깐! 당신이 쓰고 있는 가면 본 적이 있어. 잠깐만 기다려봐."

중년 남자는 반쯤 헤져 있는 소파 밑에서 오늘 자 신문을 꺼내더니 내 얼굴 옆으로 갖다 댔다.

"맞는군! 역시 내 눈썰미는 틀림없다니까! 이런 내가 소설가 양반께 실례를 범했군! 미안하게 됐소이다."

갑자기 바뀐 그의 태도에 나는 당황스러웠다.

"모처럼 이사 온 이웃이 예술가라니! 난 정말 축복받았어. 소설가 양반 잠깐 들어오겠나?"

나는 재차 손을 저으며 강하게 거부했다. 그러나 나를 끌어들이는 그의 강한 손아귀의 힘을 이겨내진 못했다.

그에게 이끌려 억지로 들어가게 된 방은 어지러울 정도로 담배꽁초와 버려진 신문지들로 가득했다. 나는 최대한 쓰레기들을 밟지 않기 위해서 발을 꼿꼿하게 세운 채로 그나마 깨끗해 보이는 소파에 앉았다. 무슨 이유인지는 모르겠지만, 최대한 빨리 집으로 돌아가는 게 내 목표였다. 이곳은 내가 생각할 수 있는 최악의 장소였다.

"나는 케빈 리라고 하네. 내가 실수를 범했지 뭐야, 내 예술세계를 이해하지 못하는 얼간이가 나를 방해하는 줄만 알았어! 그런데 같은 예술가라니 만나서 반갑군."

"저도 반갑습니다. 저도 그 예술이란 걸 좀 하려고 하는데 케빈 씨의 색소폰 소리가 조금 큰 경향이 있어서…."

"우선 좀 앉게, 아니 벌써 앉아 있는군. 차 한 잔 하겠나? 커피? 녹차? 아니 그전에 이름이 뭔가?"

"이현이라고 합니다."

"그래, 이현 소설가 양반 이번에 내가 새로 작곡한 곡이 있는데 한번 들어보겠나? 듣고 어떤 느낌이 떠오르는지 말해줬으면 좋겠군."

그는 뜬금없는 말을 한 뒤 막무가내로 색소폰을 불기 시작했다. 나는 음악에 대해서는 문외한이라 자세히 알 수는 없지만, 지금 들리는 이 색소폰의 선율은 꼭 어둡고 침침한 동굴에서 한 마리의 나비가 춤을 추며 날아다니는 듯한 느낌이 들었다. 썩 좋은 곡은 아니었다.

"어떤가?"

케빈은 기대된다는 듯 눈썹을 치켜올렸다. 그의 기대가 어떻든 나는 빨리 집으로 돌아가고 싶었다. 나는 케빈에게 내가 느낀 감정을 그대로 설명했다. 이내 그는 두꺼운 손바닥을 맞부딪

히며 박수를 치기 시작했다.

“역시 예술가끼리는 통하는 게 있어! 내가 바로 그런 느낌을 떠올리며 연주했다네. 자네 혹시 사랑을 아는가? 내가 느끼는 사랑의 느낌은 바로 이런 것이야.”

그는 알 수 없는 소리를 지껄였다. 나는 방금 그가 연주한 곡에서 사랑이란 감정은 전혀 느끼지 못했다. 아니 오히려 쓸쓸하고 처량한 느낌까지 드는 곡이었다. 그런데 이게 사랑을 연주한 곡이라고? 나는 이해할 수 없었다.

“제가 사랑에 대해 잘 아는 건 아니지만, 이런 느낌은 전혀 아닌 것 같은데요?”

“하하! 그건 소설가 양반이 잘 몰라서 하는 말이야. 꼭 아름다워야 사랑이라고 할 수는 없는 법이지. 내 말뜻을 이해하겠나?”

“아니요. 전혀 공감할 수 없어요. 사랑은 밝고, 희망차고 행복하게 표현되어야 한다고 생각해요. 방금 그 연주는 너무 쓸쓸했어요!”

“소설가 양반이 뭘 모르는군. 언젠간 깨닫게 될 거야. 사랑엔 많은 얼굴이 있다는 걸. 멀리서 지켜보아야만 하는 사랑도 있는 법이고, 때로는 가슴 아플 정도로 처량하게 보내야만 하는 사랑도 있다네. 이런 것들을 인정하지 않는다면 그건 자신을 속이는 것이지.”

"그런 사랑을 해보셨어요?"

내가 물었다. 나는 어쩌면 지금 내 상황에 가장 맞는 조언자를 만난 것인지도 모른다. 그가 왜 사랑을 어둡게 표현했는지, 내게 갑자기 그 연주를 들려준 이유는 무엇인지 궁금해졌다.

"궁금한가? 나는 수도 없이 많이 해봤네."

그가 주머니에서 담배를 꺼내 물더니 추억에 잠긴 듯 지그시 눈을 감았다.

"항상 사랑을 처음 시작할 때마다 내가 무엇을 느낀 줄 아는가? 부끄럽지만 운명이라고 생각했지. 열 번을 넘는 사랑을 해왔지만, 항상 똑같이 느꼈어. 이번엔 진짜 운명 같은 사랑이라고."

"세상엔 운명 같은 건 없어요!"

'아니, 없다고 들었어요.'

"그래 어쩌면 그럴지도 모르지. 소설가 양반, 나는 사랑이 끝날 때마다 다시는 사랑을 하지 않을 거라고 다짐했어. 네 번째 사랑이 끝나는 순간 나는 깨달았다네. 진정한 사랑이 무엇인지."

그가 다시 알 수 없는 말을 하기 시작했다. 계속되는 이상한 소리에 혹시 마약을 하는 게 아니겠느냔 생각도 들었지만, 그의 얼굴에 담긴 슬픔을 보니 어느 정도 공감할 수 있었다.

"진정한… 사랑이요?"

"나는 내 아내를 많이 사랑했어. 모든 걸 주고 대신 죽어도 아깝지 않을 정도로. 그이가 세상을 뜨고 나서는 사는 게 사는 것이 아니었지. 그이를 따라서 죽으려고까지 했으니 말이야. 그런데 이상하더군. 예전엔 사랑이 끝나면 다른 사랑으로 그 자리를 채우려고 했어. 하지만 이번엔 아니었지. 더는 채울 필요가 없었다네. 이제는 그이가 내 곁에 없지만, 난 아직도 그때를 떠올리면 가슴 한 쪽이 설렌다네."

"네…?" 애석하게도 나는 그를 이해할 수 없었다.

"이런, 미안하네. 내가 또 쓸데없는 이야기를…. 나이가 드니 주책이 느는구먼, 오늘은 이만 조용히 해 줄 테니 집으로 돌아가서 마음껏 예술을 즐기게나, 어쩌면 우리는 좋은 친구가 될 수 있을 것 같군."

위압될 정도로 크게만 느껴졌던 그의 뒷모습이 한순간에 쓸쓸하고 처량해 보였다. 주위를 둘러보자 셀 수 없이 많은 액자에 한 여자의 사진이 걸려 있었다. 더럽고 냄새나는 방 안과는 다르게 액자들은 깨끗하게 닦여 있었다. 케빈은 나를 배웅하면서 액자에 걸린 아내의 사진들을 내게 자랑했다.

"실컷 봐 두게, 세상에서 가장 아름다운 여자라고! 흠흠, 나는 방 청소를 좀 해야겠군. 만약 그이가 살아 돌아온다면 잔소리를 할 테니까 말이야."

* * *

인기란 건 때론 무서울 정도로 나를 놀라게 했다. 오늘만 해도 혜린이를 만나러 버스정류장으로 가는 길에 내 책을 들고 있는 사람들을 심심찮게 발견했으니 말이다.

집 앞의 버스정류장에는 다섯 명 정도의 사람들이 버스를 기다리며 서 있었다. 그 중 가면 쓴 나를 알아본 혜린이는 수줍게 손을 흔들며 인사했다.

"일찍 왔네? 그런데 꼭 버스를 타고 가야겠어? 가면 써도 사람들이 알아볼 것 같은데…. 내 차 가지고 올까? 아니면 택시라도…."

나는 사람들을 피하고 싶은 마음에 혜린이를 설득하려 했다. 하지만 혜린이의 고집을 꺾을 순 없었다. 영화 아카데미의 입학식이 있는 날에 미리 버스노선을 알아두고 싶다는 말에 나는 어쩔 수 없이 버스에 올라타야만 했다.

부천에서 서울 영화 아카데미로 가는 2305번 버스를 타자마자 내가 가장 먼저 한 일은 창가 쪽 맨 뒷좌석이 비어 있는지 확인하는 것이었다.

혜린이는 그런 버릇이 있었다. 감기에 걸리면 파인애플 통조림을 찾는다든지, 차나 버스를 탈 땐 항상 창가 쪽 뒷좌석에만 않았다.

가끔 혜린이는 그런 버릇들에 대해서 광적으로 집착했다. 하지만 그 버릇들은 교통사고로 부모님을 잃은 후 안면실인증까지 앓게 된 혜린이의 또 다른 아픔이기에 내가 이해해야 했다. 나는 그걸 후유증이라고 불렀다. 감기에 걸릴 때면 항상 부모님이 사다 주던 파인애플 통조림을 먹거나, 차를 탈 땐 앞자리를 피하는 것쯤은 이상한 게 아니었고, 충분히 이해할 수 있었다.

그런데 요즈음 난 혜린이가 내게 하는 행동은 이해할 수 없었다.

내가 유명해지고 나서 왠지 혜린이는 나를 낯설어하는 것 같았다.

오늘만 해도 그랬다. 혜린이는 오늘 있을 영화 아카데미 입학식에 나와 단둘이 가는 것을 꺼렸다. 연희 누나가 일 때문에 참석할 수 없다고 하자, 혜린이는 어떻게 해서든지 우리 셋이 같이 가야 한다며 떼를 썼다. 예전엔 둘이서 어디든 자주 놀러 가곤 했는데 이제는 날 피하는 것 같이 느껴졌다.

또 나는 오늘 있을 입학식을 대비해서 저번주에 혜린이가 좋아하는 빨간색 코트를 선물했다. 하지만 혜린이가 오늘 입고 온 옷은 늘 입고 다니던 검정색 패딩이었다. 사실 이런 것들은 혜린이가 나를 낯설어하는 게 아닌 내가 예민한 것일지도 모른다. 하지만 서운함이 하나 둘씩 쌓여가는 건 마찬가지였다.

혜린이가 그렇게 가고 싶어 하던 영화 아카데미의 첫인상은 조금 특별했다. 대학원이라 그런지는 몰라도 다른 대학교들과는 달리 건물이 웅장하지도 않았고, 화려한 것도 아니었다. 그 흔한 캠퍼스마저 없었다. 붉은 벽돌로 이루어진 고풍스러운 건물과 그 옆에 딸린 대강당이 있을 뿐이었다.

건물을 지나, 대강당에 들어서자 많은 입학생이 보였다. 한국영화 아카데미의 입학식은 다른 학교들과는 한 가지 다른 점이 있었다.

그것은 바로 학생들의 나이였다. 풋풋한 20대 새내기들이 아닌, 나이가 되어 보이는 어른들이 많았고, 대다수가 서른은 되어 보였다.

나보다 두 살이나 많은 혜린이가 가장 어려 보일 정도였다.

"그렇게 좋아? 여기에 입학하는 게?"

내가 싱글벙글 웃고 있는 혜린이를 보며 말했다.

"당연하지, 등록금 때문에 붙어도 걱정, 떨어져도 걱정이었거든. 그런데 전액 장학금이라니, 정말 꿈만 같아."

"정말 잘 됐다."

'이렇게라도 널 기쁘게 할 수 있어서 다행이야.'

나는 마음속으로 속삭였다.

그런데 갑자기 누군가가 뒤에서 내 어깨를 툭툭 건드렸다. 힘이 강하게 실린, 기분 나쁜 건드림이었다.

"이것 참 반갑습니다. 안녕하셨는지요?"

낮게 깔린 낯선 남자 목소리. 분명 나와 혜린이를 보고 한 말이었다.

"현아, 누구야?"

혜린이는 궁금하다는 듯이 나와 그 남자를 번갈아 쳐다보았다.

"나도 잘 모르겠…."

순간 나는 내 눈을 의심했다. 건장한 체격에 몸에 딱 맞는 정장을 차려입은 이 남자는 어딘가 낯이 익었기 때문이다. 내 기억이 틀리지 않는다면 1년 전 디미누엔도 카페 골목길에서 만난 그 빚쟁이가 분명했다.

"모른다고 하시면 섭섭하죠. 어떻게 여기까지 찾아왔는데요."

그가 비열한 목소리로 대답했다. 혜린이는 이 상황이 이해가 가지 않는다는 눈빛으로 나를 바라봤다. 나는 혜린이의 입학식을 망치고 싶지 않았기에 거짓말을 생각해냈다.

"혜린아, 아카데미 관계자이신가 봐. 인사드려. 아, 그리고 관계자님. 제가 궁금한 게 있어서요. 잠시 시간 좀 내주실 수 있을까요?"

나는 부디 협조에 응해달라는 목소리로 간절하게 그를 쳐다봤다. 다행히도 그는 아무 말 없이 밖으로 따라오라는 손짓을 보냈다. 정말 다행이었다. 어떻게 알고 찾아온 것인지는 모르겠지만, 그가 여기서 난동을 피운다면 혜린이가 피해 볼 것은 불 보듯 뻔했다.

빚쟁이는 나를 데리고 인적이 드문 아카데미 지하주차장으로 들어갔다. 이곳이라면 혜린이에게 들킬 걱정은 없었다. 나는 안도의 한숨을 쉬었다.

“여기까지 어떻게 알고 온 겁니까? 아니, 왜 온 거죠?”

내가 단도직입적으로 물었다.

“제가 뭐하려고 왔겠습니까? 빚 받으러 왔죠. 우리는 정보력이 아주 아주 뛰어나답니다.”

그는 말을 마치고 서류가방에서 종이를 하나 꺼내 들었다. 어딘가에서 본 듯한 익숙한 문서였다.

“자, 어디 보자. 이자가 더 많이 붙었네요? 1억6천만 원 정도 되는데, 그 정도 능력 있으시잖아요? 그 가면, 맞죠? 다 알고 왔습니다.”

“가면이 뭐요? 내 얼굴에 흉터가 있어서 쓴다는 것쯤은 잘 알고 있지 않습니까?”

나는 가면을 벗었다. 어차피 여기엔 나와 빚쟁이를 제외한 다른 사람은 없었다. 그는 예전과는 다르게 내 얼굴을 봐도 담담했다.

"징그러운 건 여전하군요. 모른 척 마시고, 오늘 중요한 날이 잖아요? 안 그렇습니까? 제가 이렇게 돈을 직접 받으러 왔는데, 섭섭한 일이 생기면 안 되겠죠?"

"인정하지, 정보력 하나는 끝내주는군."

내가 그의 손에 있던 서류를 낚아챘다. 1억6천만 원. 분명 지금 내게는 큰돈이 아니었다. 충분히 갚아 줄 수 있고, 얼마든지 대신 갚아주고 싶었다. 하지만 문제는 혜린이었다. 분명 내가 대신 빚을 갚은 걸 알게 되면 내게 화를 낼 게 틀림없었다.

"이것 참, 저도 이제 그쪽 소설에 등장하는 겁니까? 좀 더 멋지게 차려입고 올 걸 그랬나?"

그가 다 알고 왔다는 듯이 너스레를 떨었다. 하지만 그의 뜻대로 되게 할 수는 없었다. 혜린이에게 피해를 주지 않고, 비밀로 할 수 있는 방법이 필요했다.

"그러면 이렇게 하는 건 어때요? 지금까지 밀린 이자와 앞으로 생길 이자를 제가 꼬박꼬박 다 갚겠습니다. 나머지는 혜린이가 원금을 갚을 때까지만 기다려주세요."

그가 담배를 꼬나물며 내 말을 못 들은 척 딴청을 피웠다.

"아니면 제가 보증을 설게요. 대신 갚는 것만 아니라면 뭐든 다 할 테니까 오늘은 이만 돌아가 주세요."

"거 참, 말이 안 통하는 분이시네, 이미 3년이나 밀렸다고. 나도 오늘 원금 회수 못 하면 못 돌아가니까 그쪽이 알아서 하는 거로 합시다. 보아하니 입구가 넓던데 빚 갚으라는 현수막 좀 걸면 그쪽 따라서 여자도 유명해지겠어."

그는 협상결렬이라는 말을 하고는 지하주차장을 떠나가는 시늉을 했다. 순간 머릿속에서 입학식에 난동을 피우는 빚쟁이가 떠올랐다. 그 상상 속에서 혜린이는 망연자실하게 울고 있었다. 나는 다급하게 그를 불렀다.

"알겠어요. 당장 주죠. 1억6천만 원. 대신 제가 빚을 갚았다는 건 비밀로 해 주세요."

"그 정도야 뭐, 기꺼이 해드리지."

나는 그가 꺼낸 서류에 지장을 찍었다. 돈을 이번 주 내로 대신 상환하겠다는 계약 내용이 적혀 있었다.

"이제 됐죠? 가보겠습니다."

"잠깐."

그가 나를 불러 세우더니 머쓱한 듯 우물쭈물 거렸다.

"그 비밀이란 거 잘 지키려면 밥이라도 잘 챙겨 먹어야 할 텐데…."

'더러운 놈.'

나는 지갑에서 수표 하나를 꺼냈다. 수표에는 0이 6개나 적혀있었다. 예전 같았으면 꿈도 못 꿨을 금액이었고, 지금도 허투루 쓸 수 없는 돈이었다. 하지만 혜린이를 위해서라면 그게 얼마든지 상관없었다.

"우리는 이제 다시는 보지 않는 겁니다."

나는 애써 화를 누르며 말했다. 그는 들은 체도 하지 않고, 돈을 받아든 채 검은색 세단을 타고 눈앞에서 사라졌다.

Episode 6.

낯선 여자

2017년 2월 12일 오혜린

요즈음 부쩍 웃을 일이 많아졌다. 이렇게 행복한 건 3년 전 그날 이후 처음이었다. 내가 그렇게도 바라던 영화 아카데미에서 공부하며, 단편 영화를 찍고, 남는 장학금으로 작은 단칸방을 얻어 자취도 시작했다. 그동안 연희한테 얹혀 살면서 많이 미안했는데 이제는 한시름 놓을 수 있었다.

"컷! 이제 밥 먹으러 가요."

내가 동료들에게 말한다. 드디어 삼 일에 걸친 내 단편 영화 첫 번째 장면의 촬영을 끝냈다. 카메라 스태프와 조명 스태프, 자원 받은 몇 단역 배우들이 전부였지만, 단편 영화를 찍기에는 충분했다.

"으슬으슬한 게 날씨도 추운데 점심은 국밥 어때요?"

카메라를 맡고 있는 태광 씨가 부드러운 목소리로 말한다. 그런데 오늘도 국밥이라니.

"태광 씨 어제 점심도 국밥이었잖아요. 오늘은 다른 거 어때요?"

"맞아. 오늘 고생 좀 했는데 치킨이나 고기 정도는 먹어야 하지 않겠어?"

옆에서 조명 스태프인 현진이가 은근슬쩍 거든다. 나는 돈이 넉넉하진 않았지만, 고생한 스태프들을 위해 근처 삼겹살집에서 고기를 사기로 한다.

"그래! 오늘 수고 많았어요. 모두 많이 먹… 아니, 적당히 맛있게 먹고 내일도 힘내요."

아차, 장난 반 진심 반으로 내가 말한다. 태광 씨는 뭐가 그렇게도 좋은지 싱글벙글 웃으며 삼겹살 8인분을 시킨다. 우린 5명인데….

"언니, 그런데 『디미누엔도』의 판권은 어떻게 산 거예요? 비싸지 않아요?"

현진이가 질세라 익지도 않은 고기를 한 점 집어 들고 말한다.

"응. H가 내 제일 친한 친구야."

내 말을 들은 제작진들의 입이 떡하니 벌어진다. 아 맞다, 지금 현이는 유명한 사람이었지. 괜한 말을 한 것만 같다.

"정말요? 에이! 거짓말. 그러면 설마 『디미누엔도』에 나오는 그 오혜린이…."

현진이가 묻는다. 나는 살짝 고개를 끄덕인다.

"뭐야, 그럼 둘이 사귀는 거예요? 마지막에 여자가 고백을 받아주고 끝나잖아요."

"아닐걸. 그 소설도 중간부턴 다 픽션인 거 몰라?"

관심 없는 척 고기만 굽던 태광 씨가 대신 대답한다. 조금 흥미롭다. 다른 사람들이 나와 현이에 대해 잘 알고 있다는 게. 사실 그럴 만도 했다. 50만 부가 넘게 팔린 책이었으니까. 반년 전까지만 해도 동네에서 같이 밥을 먹고, 카페에서 이야기하며 지내던 현이는 한순간에 유명인이 되어버렸다. 이제는 예전처럼 쉽게 얼굴을 볼 수 있는 사이가 아니었다. 어느 순간, 조금씩 우리는 멀어지고 있었다. 현이는 방송이나 계약 문제, 잡지사 인터뷰 같은 일들로 항상 바빴다.

가끔은 현이가 나랑은 다른 세상을 살고 있는 듯한 느낌도 들었다. TV를 켜거나 인터넷에 들어가도 온통 소설가 H와 그의 소설 얘기뿐이다. 그럴 때면 현이가 꿈을 이뤄 기쁘기도 했지만, 이제는 우리가 멀어진 것 같이 느껴져서 속상하기도 했다.

현이는 그렇게 바쁘고 힘든 와중에도 항상 나를 챙겼다. 두 달 전에는 없는 시간을 내서 내 아카데미 입학식에 참석했고, 내가 평소 좋아하는 스타일의 옷이나 신발 등을 자주 선물했다.

특히 남들은 많은 돈을 줘도 사기 힘든 『디미누엔도』의 판권을 나한테 공짜로 준 건 정말 큰 도움이 되었다. 덕분에 큰돈을 들이지 않고도 좋은 제작자들과 투자자들을 만났으니 말이다. 그런데도 이제 멀게만 느껴지는 건 어쩔 수 없나 보다.

회식을 마치고 돌아오니 집에는 이미 연희가 아직 못 푼 내 짐을 정리하고 있었다.

"일찍 왔네? 짐 좀 미리 정리하고 있으려고 했는데."

연희가 들켜버려서 멋쩍은 듯 웃으며 말했다.

"고마워. 너한테 폐 안 끼치려고 이사까지 왔는데 또 도움을 받네."

나는 벗은 신발을 잘 정리하며 집 안으로 들어선다.

"그러게 말이야. 이제는 우리 집 허전해서 어떡해? 당분간은 적응 안 되겠다."

"나도 넓은 너희 집에 있다가 여기에 오니까 조금 답답해."

나는 10평 남짓 되는 단칸방을 둘러보며 웃는다. 그래도 처음으로 내 집이 생긴 것에 대해서는 조금 뿌듯하기도 했다.

"그런데 현이는 또 못 온대? 모처럼 네 집들이하면서 짐 좀 같이 정리해 주면 좋을 텐데."

"요즈음 바쁘잖아. 가끔 전화만 해 주는 것으로도 감사하게 생각해야지."

"그래도 네가 부탁하면 한걸음에 달려올걸? 전화해 봐!"

연희는 빨리 연락해 보라는 식으로 내 옆구리를 쿡 찌른다. 하지만 그럴 수 없었다. 우리들 사이에는 보이지 않는 벽이 존재했다.

"안 돼. 안 그래도 바쁜 현이를 여기까지 부를 순 없어."

"왜? 너희 둘은 친한 사이잖아. 예전에는 걸핏하면 둘이 같이 다니더니 지금은 왜 그래?"

"모르겠어. 현이가 유명해질수록 더 멀어지는 느낌이야. 게다가 이제는 자주 볼 수도 없고, 현이를 좋아하는 사람들도 많이 생겼잖아."

내가 낑낑대며 말했다. 무거운 짐들을 여자 둘이서 옮기려니 조금 힘들었다.

"그래도 현이는 너를 제일 좋아하잖아."

"무슨 소리야. 이제 현이도 좋은 사람 만나서 연애도 하고 행복하게 살아야지. 언제까지 내가 짐이 될 수는 없어. 내가 이렇게까지 좋아진 것도 현이 덕분인데 이제라도 놓아 줘야지."

"현이는 그렇게 생각 안 할걸?"

연희는 의미를 알 수 없는 이상한 웃음을 짓는다.

"왜 그렇게 웃어?"

내가 물었다. 연희의 웃음에서 무언가 숨기는 듯한 느낌이 들었다.

“하긴, 예전에만 해도 너는 툭 하면 울고 매일 힘들어서 일상 생활이 불가능했을 정도였는데, 현이 덕분에 많이 좋아졌잖아. 네가 받은 도움을 돌려주는 건 좋다고 생각하는데, 꼭 그런 방법을 쓸 필요는 없다고 생각해.”

“무슨 소리인지 모르겠어. 물론 현이의 도움도 컸지만, 내가 감기에 걸릴 때마다 냉장고 한가득 파인애플을 넣어두고, 약도 사준 너도 있잖아. 나는 너랑 현이에게 갚아야 할 게 너무 많아. 이제부터라도 천천히 돌려줄 거고.”

“어… 그건 사실…. 아니, 너 정말 현이의 마음을 모르는 거야?”

“아니, 현이가 날 많이 걱정하고 아낀다는 것쯤은 잘 알아. 그런데 요즈음엔 조금 다른 생각이 들어. 내가 충분히 혼자서 할 수 있는 일도 도와주려고 하고 자신을 희생하려고 해. 조금은 부담스러워. 도움이 아닌 동정을 받는 느낌이야.”

내가 말했다. 그런데 갑자기 연희가 손가락을 문 쪽으로 가리켰다.

“누가 오셨는데?”

“누구 말이야?”

나는 연희가 가리키는 쪽으로 시선을 돌린다. 그곳에는 한 남자가 손을 흔들며 서 있었다. 갈색 코트에 검정색 바지를 보니 아침에 만났던 아카데미 선배인 정우 선배가 분명했다.

"정우 선배!"

"미안, 내가 좀 늦었죠?"

연희의 시선이 선배를 위아래로 훑는다. 그러더니 두 번 헛기침한다.

"아는 분이야? 어떻게 여기까지 오셨대?"

연희가 내게 귓속말로 속삭인다.

"아카데미 선배신데 내가 장난으로 오늘 짐 정리 좀 도와달라고 했거든. 진짜 오실 줄은 나도 몰랐어."

"안녕하세요. 혜린 씨 친구 분이신가 봐요? 반갑습니다. 저는 정우라고 합니다."

정우 선배의 말에 연희는 밝게 웃으며 고개를 끄덕인다.

"네, 도와주러 오셨다면서요. 혜린이는 또 언제 이렇게 멋진 분과 친해졌대?"

연희가 능청스럽게 말한다. 나는 그만하라며 연희의 옆구리를 팔꿈치로 툭툭 찌른다.

"아! 왜 찔러? 너는 얼굴도 안 보이면서 이렇게 훤칠하고 잘생긴 사람을 언제 꼬셨어?"

연희가 다시 귓속말로 내게 속삭인다. 나는 재차 그냥 친한 선배일 뿐이라고 대답한다. 정말이었다. 학교에서 도움을 서로 주고받는 선후배 그 이상 아무것도 아니었다.

"선배 들어오세요. 많이 좁죠? 진짜 오실 줄은 몰랐어요. 감사해요."

"괜찮아요. 도와주러 왔는걸요? 친구 분도 계시니까 금방 끝나겠네요."

정우 선배는 말이 끝나자마자 팔을 걷어붙이고 짐을 나르기 시작했다. 나와 연희 둘이서 한 시간은 걸릴 일을, 정우 선배는 오자마자 십 분 만에 끝내버렸다. 나머지 짐들도 정리하는 데 시간이 얼마 걸리지 않았다. 모두 선배 덕분이었다. 아침에 장난으로 툭 던졌던 말인데 선배가 진짜로 와줄 줄은 몰랐다. 아카데미에서도 나를 많이 챙겨주고 도와주는 선배기에 더 고맙고 미안했다.

나는 사례로 밥을 산다고 했지만, 다이어트를 한다는 연희와 이미 밥을 먹고 왔다는 선배의 말에 집 앞 카페에서 간단한 음료를 마시기로 했다. 우리는 『디미누엔도』카페로 향했다.

• • •

2017년 2월 13일 오혜린

아침에 눈을 뜨니 기분이 이상했다. 흰색 형광등 조명, 이불에 배인 섬유유연제 냄새, 체크무늬 실크로 장식된 조그마한 테이블 등 모두 평소와 다를 게 없었다. 그런데 기분이 이상하다. 모든 게 새롭게만 느껴진다.

오늘은 수요일. 늘 그랬듯 심리 상담을 받으러 가는 날이었다. 간단한 외출 준비를 마친 후 화장대에 놓여 있는 가족사진에 잘 다녀오겠다는 인사를 한다. 그런데 무언가 이상하다.

나와 닮은 반달 눈, 긴 머리에 눈가에 있는 주름까지 엄마의 얼굴이 선명하게 보인다. 순간 꿈이 아닌지 볼을 꼬집었다. 아프다. 이건 꿈이 아니었다.

'설마….'

시선을 돌린다. 엄마 옆에 있던 아빠도 보인다. 3년 전과 똑같은 옷, 똑같은 얼굴 내가 기억하던 아빠 얼굴이 맞다. 정말, 정말로 보인다. 그토록 그립고 목매던 부모님의 얼굴이 보인다.

다리에 힘이 풀린다. 나는 털썩 주저앉아 가족사진을 품에 끌어 앉았다. 참았던 눈물이 흐른다. 얼마나, 얼마나 기다려왔는데…. 혹시라도 다시는 보지 못할까 봐, 시간이 흐르면 아빠, 엄마의 얼굴을 다 잊어버릴까 봐 얼마나 가슴 졸였는데…. 이제는 다 보인다. 설마 꿈은 아닐까 상상해 봐도 이건 너무 생생했다.

나는 혹시 내가 기억하고 있는 사람들의 얼굴만 보이는 게 아닌지 확인하기 위해 문을 박차고 거리로 달려 나갔다. 외투에 온몸을 싸매고 털모자를 쓰고 있는 사람이 있다. 그런데 모자에 가려 얼굴이 보이지 않는다. 나는 달려가서 그 사람을 붙잡는다.

"저기 잠시만요. 잠시만…."

얼굴… 모르는 사람의 얼굴마저 또렷하게 보인다. 나는 울면서 정신이 나간 사람처럼 보인다고 계속 되뇐다. 짙은 눈썹에 찢어진 눈, 조금은 튼 입술. 정말로 그 사람 얼굴이 선명하게 보인다.

"당신 얼굴이 보여요. 선명하게 아주 정확히 보여요."

"왜 이러세요?"

그 사람은 내 행동에 당황한 기색을 보였다. 하지만 난 개의치 않았다. 지금 내게는 이 사람의 얼굴이 보인다는 사실이 가장 중요했다.

"꿈이… 아니겠죠?"

"뭐라는 거야. 갈게요. 이거 놓으세요."

설마 꿈이 아닐까, 나는 그 자리에서 한참 동안 서 있었다. 십 분, 삼십 분 시간이 흘렀다. 그동안 수십 명의 사람들이 지나갔다. 그런데 그 사람들 얼굴이 전부 또렷하게 보인다.

나는 오전 동안 일어난 일에 깊은 충격을 받은 채 집으로 돌아와 제일 먼저 연희에게 전화를 걸었다. 그리고 지금 내게 일어난 일을 침착하게 설명했다. 전화가 끝난 지 오 분도 안 돼서 연희가 내 집으로 한걸음에 달려왔다.

"혜린아! 정말이야? 정말… 내 얼굴이 보여?"

한걸음에 달려온 연희가 숨을 헐떡이며 두 손으로 내 얼굴을 감싼 채 물었다.

"응. 너 정말 예쁘다. 피부도 좋고 눈도 예뻐. 예전보다 훨씬 더."

"정말 다행이다. 돌아와서 정말 다행이야."

그렇게 우리는 서로를 부여잡고 한참을 울었다.

연희는 할일을 제쳐 놓은 채 나와 같이 병원으로 가겠다고 했다. 그리고 병원에서는 갈피를 못 잡고 횡설수설하는 나 대신 의사 선생님께 내 상황을 설명했다. 우리는 완치됐다는 의사의 말을 기다렸다. 몇 초 뒤 의사가 입을 열었다.

"저도 처음 보는 케이스라…."

의사는 아팠던 기억이나 충격을 뇌가 다 잊어버리거나 행복한 기억이 많이 생겨서 호전된 것 같다고 했다. 정확히는 안면실인증의 치료 사례가 없어서 이론에 불과한 추측일 뿐이겠지만, 어쨌거나 더 이상 병원에는 오지 않아도 된다고 했다.

나는 병원에서 나오자마자 현이에게 전화를 걸었다. 현이는 지금 내가 가장 보고 싶은 사람 중 한 명이었다. 두어 번의 통화 연결음 끝에 현이의 목소리가 들렸다.

"여보세요? 응. 무슨 일이야?"

"현아, 뭐 하고 있었어? 좋은 소식이 있어서 알려주고 싶어서 전화했어."

"좋은 소식?"

"응. 지금 어디야?"

"지금 집이야. 오랜만에 시간이 생겨서 글을 쓰고 있었어. 그런데 얼마나 좋은 소식이기에 그렇게 들뜬 거야?"

"잘 들어. 나 이제 사람들의 얼굴이 보여! 아침에 눈을 떴는데 거짓말처럼 사람들의 얼굴이 보이기 시작했어. 방금 병원에도 갔다 왔는데 다 나은 거 맞대. 그래서 지금 당장 널 보려고. 내가 집으로 찾아갈까?"

나는 한껏 신이 나 현이에게 지금 상황을 설명한다. 그런데 현이가 기뻐할 줄만 알았던 내 예상과는 달리 잠깐의 정적이 흐른다.

"현아? 내 말 들려?"

"어? 그래. 다 나았다니 다행이야. 정말 기뻐."

장담컨대 하나도 기쁘지 않은 말투였다.

"왜 그래? 무슨 일 있어? 내가 지금 너희 집으로 갈게. 그래도 되지?"

"음… 지금은 조금 힘들 거 같아. 나중에 오면 안 될까?"

지금은 안 될 것 같다는 현이의 목소리. 조금은 실망스러웠다. 하지만 요즈음 워낙 바쁜 현이기에 이해할 수 있었다.

"응 그래. 병이 낫자마자 첫 번째로 보고 싶은 게 너였는데…. 조금 더 기다리지 뭐. 일 끝나면 연락해 줘. 당장 달려갈게."

난 요 며칠간 그동안 보지 못했던 친구들이나 내가 사랑하는 사람들을 보기 위해 이리저리 돌아다녔다. 단연 그중 제일 기뻐해 준 사람은 연희와 예전에 같이 일하던 영화관 동료들이었다.

어제는 내 단편 영화를 같이 제작하고 있는 태광 씨와 현진이의 얼굴, 그리고 『디미누엔도』의 주연 배우들의 얼굴도 보았다. 태광 씨는 매일 국밥만 찾고 억양도 특이해서 시골 사람 같이 생겼을 거란 생각을 했다. 하지만 실제 얼굴을 보니 귀공자 같은 느낌이 풍겼다. 현진이는 예상한 대로 목소리만큼이나 외모도 귀여웠고, 주연 배우들은 『디미누엔도』에 딱 어울릴 만큼 아름다웠다.

그동안 목소리만 듣고, 체형만 보고서 예상했던 얼굴과 실제로 보는 얼굴의 차이를 보니 무척 재미있었다.

그 중 정우 선배는 잘생겼을 거란 내 예상은 보기 좋게 빗나갔다. 정우 선배는 잘생긴 정도가 아니라 연예인을 해도 될 만큼 뚜렷한 이목구비를 가지고 있었다. 선배가 정말 다행이라며 호수 같은 눈으로 날 바라볼 때 나는 심장이 멎을 뻔했다.

• • •

토요일 저녁, 할일이 없는 나는 늘 그렇듯이 『디미누엔도』카페에서 핫초코를 마시기로 했다. 카페에 들어서자 익숙한 나무 향기가 나를 반긴다. 나는 항상 앉던 창가 쪽 자리에 앉는다.

"또 오셨네요. 오늘은 혼자예요?"

자주 가는 단골 카페였지만, 사장님의 얼굴을 똑바로 본 건 이번이 처음이었다. 사장님은 내가 주문을 하기도 전에 잘게 나눠놓은 핫초코 한 봉지를 뜯어 컵에 넣는다.

"네, 오늘은 혼자예요. 이제는 알아서 준비해 주시네요. 오늘은 커피를 마시려고 했건만!"

내가 웃으며 농담한다. 사장님은 그럴 일은 없을 거라며 다음에도 핫초코를 준비할 거라며 대답한다.

"같이 오던 가면 쓴 남자 분은 요즈음 통 안 보이네요?"

사장님이 궁금하다는 듯이 내게 묻는다. 나는 바빠서 그런 거라고 다음에 꼭 같이 오겠다고 대답한다. 사실 바쁜 게 맞긴 맞았다. 현이는 유명해진 후 잠잘 시간도 없이 바빴으니까. 하지만 그걸 알면서도 나는 조금 서운했다. 몇 년 만에 내가 사람들의 얼굴이 보이기 시작했는데 제일 친한 친구인 현이가 잠깐의 시간도 내 주지 않는다는 게 약간은 실망스러웠다.

나는 사장님이 직접 가져다준 따뜻한 핫초코를 한 모금 마신다. 이 시간대에는 항상 그랬듯 창가 너머엔 달이 밝게 떠 있었다. 나는 예전의 추억을 떠올렸다.

'1년 전에 현이를 여기서 처음 만났었는데….'

그런데 요즈음은 이상하리만큼 현이는 날 피하는 것 같은 느낌도 든다. 가깝기만 하던 우리 사이가 멀어진 것 같기도 하고, 낯설기까지 했다. 나는 이런저런 생각을 하다 모두 기분 탓일 거라며 단정 지어버린다. 아니, 부디 기분 탓이기를 바랐다.

하지만 달콤한 핫초코를 아무리 마셔 봐도 기분까지 달콤해지지는 않았다. 가슴 속 어딘가가 꽉 막힌 듯한 느낌. 문득 이대로는 안 되겠다는 생각이 들었다. 오늘은 꼭 현이를 봐야 할 것만 같았다. 나는 어디서부터 시작됐는지 알 수 없는 감정에 이끌려 카페를 나왔다. 현이에게 지금 꼭 보고 싶다는 문자도 보냈다. 이미 발걸음은 제멋대로 현이의 집으로 향하고 있었다. 몇 분 뒤, 현이로부터 답장이 도착했다.

[지금은 안 돼, 나중에 내가 다시 연락할게.]

나는 안 된다는 현이의 문자를 무시한 채 목적지를 향해 더 빨리 걷기 시작했다. 안 되는 게 어딨어. 오늘은 꼭 봐야겠다는 생각에 나는 무작정 찾아간다. 그런데 어두운 밤하늘에서 빗방울이 뚝뚝 떨어지기 시작한다. 무방비상태인 나는 그대로 비를 맞은 채 걸을 수밖에 없었다.

'오늘 분명히 비 예보는 없었는데….'

하긴 날씨 예보가 틀린 게 하루 이틀이어야지. 지금 내게 추운 것과 비에 젖는 것쯤은 상관없었다. 나는 입고 있던 외투를 더욱 동여맨 뒤 계속해서 걸었다.

몇 분 뒤 높은 건물이 눈앞에 들어왔다. 부천에서 가장 높은 아파트여서 그런지 고개를 들어 건물 꼭대기를 쳐다보려고 해도 구름에 가려 보이지 않았다. 45층이었지 아마. 그래, 45층.

아파트 입구로 다가서자 비밀번호로 문이 잠겨있다. 나는 비에 홀딱 젖은 채 벌벌 떨면서 경비실을 두 번 두드린다. 그리고는 최대한 불쌍한 표정을 짓는다.

"제가 지금 집에 들어가야 하는데 손이 얼어서…. 문 좀 열어 주실 수 있을까요?"

그러자 자동으로 문이 스르륵 하고 열린다. 나는 경비원에게 감사하다는 표시로 고개를 숙였다. 나는 금빛으로 도금된 엘리베이터를 타고 45층을 눌렀다. 엘리베이터가 올라가며 전광판의 숫자가 늘어날 때마다 왠지 모를 불안감이 밀려온다.

"45층입니다."

자동 안내 메시지와 함께 엘리베이터의 문이 열린다. 눈앞에 보이는 두 개의 집. 4501호와 4502호가 보였다. 그런데 4501호의 문이 열려 있다.

'현이의 집이 몇 호였더라?'

기억이 나지 않는다. 나는 무작정 문이 열린 집으로 들어간다. 만약 아니라 해도 친구의 집인 줄 알고 잘못 들어갔다며 둘러대면 되니까. 마음속으로 내 예감이 맞기를 바라며 4501호로 들어서자 불이 꺼진 넓은 거실과 몇 개의 방, 그리고 현이가 키우던 검은 고양이 토비가 보인다. 이곳이 현이가 사는 집이 확실했다. 그런데 갑자기 들리는 문이 닫히는 소리. 가장 안쪽에 있는 방에서 나는 소리였다. 분명히 현이겠지.

"현아, 너 맞지? 잠깐만 나와 봐."

나는 소리의 진원지로 달려가서 문을 두드린다.

"내가 아직 안 된다고 했잖아. 대체 왜 온 거야!"

현이가 소리쳤다. 화가 난 목소리였다.

"왜 그래 현아? 나 이제 네 얼굴 볼 수 있어. 우리 며칠째 못 봤잖아. 응? 나 너 보러 여기까지 왔어."

"돌아가 줘. 지금은 보고 싶지 않아."

"아니. 난 오늘 꼭 너를 봐야겠어. 요즈음 왜 그렇게 날 피하는 거야? 나만 그렇게 느끼는 거 아니지? 나와 봐. 얼굴 보면서 얘기하자. 응?"

나는 재차 문을 두드린다. 하지만 끝내 문은 열리지 않는다.

"현아, 정말 왜 그래. 나 무서워. 그러지 말고 나와 줘. 오면서 비도 맞아서 춥단 말이야."

따뜻할 줄 알았던 집 안은 오히려 한기로 가득했다. 비에 젖은 옷에서 물이 뚝뚝 흘러내린다. 현이는 내가 서 있는 바닥이 떨어진 물에 흥건해질 때까지 아무 대답이 없었다.

"이현. 너 이상해. 무슨 일이야? 제발 대답 좀 해봐! 나 정말 너무 무섭다고…. 네가 유명해진 뒤로 너무 낯설어진 기분이 들었어, 때로는 멀어진 것 같은 느낌도 들었고, 그런데 다 아닐 거라고, 기분 탓일 거라며 애써 웃어넘겼어. 그런데 네가 갑자기 이렇게 날 피하면서 숨어버리면 정말 그런 것 같잖아…. 제발 나와서 아니라고 다 괜찮을 거라고 얘기해 줘. 제발."

마치 벽에 대고 이야기하는 기분이 든다. 현이는 끝까지 내게 아무 대답이 없었다. 다리에 힘이 풀린다. 나는 털썩 주저앉고 말았다. 현이가 들어간 방문에 등을 기댄 채 무릎에 고개를 파묻었다.

아니겠지…. 아니겠지. 자신을 스스로 속이면서 귀신에 홀린 듯 여기까지 왔는데 아무것도 알려 주지 않은 채 날 피하는 현이가 미웠다. 무슨 일이 있어도 날 떠나지 않고 곁에서 지켜주겠다던 그 말도 밉다. 나는 그렇게 주저앉은 채 소리 없이 한참을 울었다.

"이제야 사람들의 얼굴이 보이기 시작했는데…. 몇 년 만에 처음으로 웃기 시작했는데…. 갑자기 네가 날 이렇게 대하면 난 어떡하라는 말이야. 사람들 얼굴이 보이자마자 제일 첫 번째로 떠오른 사람이 누군지 알아? 바로 너였어. 그런데 왜…."

눈물이 기도로 흘러들어 기침이 나온다. 바닥은 너무 차갑고 열려 있는 창문에서 바람이 들어온다. 아무리 기다려도 끝내 대답이 없자 나는 돌아가기로 했다.

"그래, 너도 말 못 할 이유가 있겠지. 분명 그럴 거야. 네가 갑자기 내게 이럴 리 없어…. 내가 조금 더 기다릴게. 그러니까 준비가 되면 꼭 알려줘야 해."

Episode 7.

겁쟁이

2017년 2월 18일 이현

창문 틈으로 칼바람이 시리게 들어왔다. 눈을 뜨니 어젯밤 기억에 정신이 바짝 들었다. 모든 게 꿈이었으면 싶었다.

시련은 때론 나를 가혹할 정도로 아프게 만들었다. 나는 어쩌면 혜린이가 평생 안면인실증에 걸린 채로 살아가길 원했을지도 모른다. 그게 아니라면 이 순간이 조금 더 적절한 때에 찾아왔기를 바랐다. 나는 무엇이 됐건, 어떤 사람이건 간에 결국은 얼굴에 징그러운 흉터가 있는 괴물일 뿐이었으니까.

며칠 전 혜린이로부터 걸려 온 한 통의 전화가 화근이었다. 지금에야 드는 생각은 난 그 전화를 받지 말았어야 했다. 나는 혜린이의 소식을 듣고 잠깐 정신이 아득했다. 이런 상황을 한 번도 상상해 보지 않아서일까? 일단 생각할 시간이 필요했고 결국 그건 당분간 혜린이를 피하는 방법뿐이었다.

'과연 혜린이가 내 얼굴을 보고도 이전과 같이 날 대할 수 있을까?', '처음부터 혜린이가 안면인실증을 앓고 있지 않았다면? 난 어떻게 됐을까?'

곰곰이 생각해 보았다. 내가 혜린이를 좋아하게 된 이유는 뭘까? 그건 분명 처음으로 날 보고 웃어준 여자니까? 아니면 외모가 아닌 온전한 내면을 볼 수 있는 유일한 사람이니까? 머릿속으로 복잡한 생각들이 지나다녔다. 그러다가 내린 결론은 처참하리만큼 비참했다.

'우리는 운명이 아니었고, 결국 나는 징그러운 괴물이었다.'

1년 전 그 상황이었다면 혜린이가 아닌 다른 누군가가 나를 보고 웃어줬어도 난 다른 누구를 지금의 혜린이처럼 사랑했을 것이다. 그 뜻은 우리는 하늘이 맺어준 인연이 아니었으며, 혜린이도 많고 많은 사람 중 한 명이었다는 것이다.

갑자기 머릿속으로 내 얼굴은 본 혜린이가 징그럽다는 표정으로 날 경멸스럽게 쳐다보는 장면이 그려졌다. 정말이지 죽고만 싶었다. 차라리 그렇게 될 거라면 이제부터라도 혜린이를 보지 않는 게 나을까? 하지만 지금 내 인생의 전부는 오직 그녀뿐인데 어떡하지? 머리를 쥐어뜯으며 아무리 고민을 해 봐도 답은 나오지 않았다. 그런데 열려 있는 현관문 사이로 누군가 들어오는 소리가 들렸다.

"이거 미안하군, 내가 소설가 양반의 고독을 방해한 거라면 사과하지. 그런데 문이 열려 있어서 말이야. 어젯밤에 조금 시끄럽기도 했고. 흠흠."

담배에 찌든 가래 끓는 목소리. 옆집에 사는 케빈이었다.

"어젯밤 일은 사과드리겠습니다. 지금은 대화할 기분이 아니에요. 돌아가 주세요."

안 그래도 복잡한 머릿속에 저 사람까지 들어와 난동을 피운다면 나는 감당할 자신이 없었다. 나는 막혀 있는 문 사이로 돌아가 달라고 정중히 부탁했다.

"따지러 온 게 아닐세. 할말이 있어서 말이야."

"지금은 아무 말씀도 드릴 수가 없어요."

"소설가 양반, 사실 요 며칠간 그대가 쓴 책을 읽어보았다네. 사랑 얘기는 통 질색이지만, 이웃의 책이니 큰마음 먹고 한 권 사줬지."

나는 아무 대답도 하지 않았다. 어차피 난 이 방에서 나가지 않을 생각이었다. 지금은 민얼굴이었고, 가면은 거실에 있었다.

"무슨 일인지는 모르겠지만, 어쩌면 내가 도움이 될지 누가 알겠나? 분명 어제 그 여자는 자네가 좋아한다는 그이가 맞겠지."

케빈은 다 알고 있다는 듯 너스레를 떨었다.

"그래, 자네가 그렇게 사랑하는 그 여자에게 무슨 일이 생긴 건가? 아니지 정황상 자네에게 무슨 일이 생겼느냐고 물어보는 게 맞겠군."

"아무것도 모르면서 아는 척하지 마세요. 당신은 날 이해 못 해요!"

"그러니까 자네가 이제 날 이해시켜 주지 않겠나? 아무것도 모르는 날 위해."

"이해?"

"그렇다네. 이해."

나는 문고리를 잡은 채 세게 돌렸다. 그리고 문을 발로 찼다. 쾅 하는 소리와 함께 문이 열렸고, 바로 앞에 서 있는 케빈의 모습이 보였다. 나는 가면을 쓰지 않은 민얼굴이었다.

"이런 내 얼굴을 보면서도 이해할 수 있겠어요? 그러니까 아니라면 제발 그냥 돌아가 주세요. 지금 내 상황이 당신의 얘깃거리나 되는 건 질색이에요."

나는 계속 그를 노려보았다. 어서 내가 혜린이를 쉽게 포기할 수 있게 현실을 깨달을 수 있도록 날 경멸스러운 눈빛으로 보란 말이야.

"이런, 책에서 본 설명보다 훨씬 징그럽잖아? 사람들이 피할 만도 하군. 일단 이 곳은 추우니 우리 집으로 좀 들어가겠나? 사양하지 말게."

케빈은 예상했다는 듯 짧게 고개를 끄덕이더니 나를 끌고 자신의 집으로 가려고 했다. 어제부터 아무것도 먹지 못해 힘이 풀린 나는 어쩔 수 없이 끌려갔다. 케빈은 내게 따뜻한 녹차를 가져다 주었다.

"마음을 진정시키는 데에는 녹차만 한 게 없다네. 우선 자리에 좀 앉게."

"원하는 게 뭐예요. 저는 지금 너무 혼란스러워요."

"자네 마음을 다 알 순 없겠지만, 어느 정도는 이해해. 원하는 것도 없어. 단지 소설가 양반의 얘기를 듣고 싶은 것뿐이야. 어때, 해 주겠나?"

"별로 내키지도 않고, 재밌는 얘깃거리는 아닐 텐데요."

"그래도 혹시 아는가? 마음껏 얘기하고 나면 마음이 조금이라도 편해질지. 난 시간이 많다네."

케빈은 탁자 위에 있던 시계를 가리켰다. 나는 케빈이 제멋대로 가져다준 녹차를 한 모금 들이켰다. 그의 말대로 정말 마음이 편안해졌다. 아무 얘기도 하기 싫었지만, 내가 얘기를 하기 전까지는 나를 놓아주지 않을 것처럼 보였다.

'그래, 얘기한다고 달라질 것도 없는걸.'

나는 그에게 지금까지 일어났던 모든 일을 설명했다. 내 어릴 적 얘기부터 혜린이를 처음 만났을 때, 지난 1년간의 얘기 등 떠오르는 모든 것을 여과 없이 털어놓았다. 그럴 때마다 케빈은 고개를 끄덕이며 나를 공감해 주었다. 시간이 얼마나 지났는지 얘기가 끝났을 때는 케빈이 비운 커피 잔은 넉 잔이 넘었다.

"그래서 이제 어쩔 텐가?"

케빈이 넉 잔으로는 부족했는지 커피 한 잔을 더 가져왔다.

"모르겠어요. 어차피 불행하게 끝날 거라면 시작하지 않는 게 나을까요?"

"그게 무슨 바보 같은 소리야!"

그가 자리에서 벌떡 일어서며 탁자를 손으로 내리쳤다.

"만약 혜린이가 처음부터 제 얼굴을 보았다면 과연 우리가 여기까지 올 수 있었을까요?"

"아니겠지. 누구라도 놀라서 까무러칠 게 분명해."

케빈은 날 놀리는 듯이 고개를 저었다.

"맞아요. 우리는 운명이 아니었던 거예요. 그저 얼굴을 보지 못하는 혜린이를 제가 우연히 만나서 사랑에 빠지고, 운명이라고 스스로 못 박아버린 채 눈 감아오다 이런 일이 벌어진 거라고요. 이젠 돌이킬 수 없어요. 그녀에게라도 좋은 추억으로 남을 수 있게 혜린이 앞에 나타나지 않는 게 최선이에요."

나는 머리를 쥐어뜯으며 자책했다. 그걸 본 케빈이 혀를 차기 시작했다.

"그래서 다 포기하겠다고? 멍청한 소리를 하는군! 이봐 소설가 양반, 우연이라고? 그래, 좋아. 우연이라고 치자고. 그렇다면 로미오와 줄리엣도 우연이겠어. 물론 나와 내 아내도 우연히 만났다가 우연히 헤어진 거겠군."

그가 나를 비꼬았다. 나는 그의 태도를 이해할 수 없었다.

"도대체 무슨 말이 하고 싶은 건데요? 제 말이 우스운가요?"

"소설가 양반, 지금부터 내 말 잘 듣게. 그대와 사랑하는 그녀가 만난 건 우연이 맞네. 암 그렇고말고. 자살을 결심한 남자와 상처받은 채 얼굴을 보지 못하는 병에 걸린 여자가 만난 것은 우연에 불과하지! 그런데 그 우연이 쌓여서 인연이 되고, 인연이 곧 운명이 된다는 걸 모르는 자네가 불쌍하군."

"저는 그런 말장난할 기분이 아니에요."

"말장난? 소설가 양반은 말장난할 기분은 아니더라도 사랑하는 사람을 쉽게 포기하고 떠내 보낼 기분은 맞는가 보네. 나 같으면 그 일을 평생, 아니 죽어서도 후회할 걸세."

"절 보고 지금 혜린이에게 가보라는 말씀이세요? 만약 혜린이가 절 거부하고 다른 사람과 같은 표정을 짓는다면, 전 감당할 수 없을 거예요."

"내가 보기엔 이렇게 떠나 보내버려도 감당할 수 없을 것 같은데? 후회하지 않을 자신 있나? 거봐! 없잖아! 뭐 해? 지금 당장 달려가지 않고!"

케빈의 말이 맞았다. 나는 바보처럼 겁내고 있었다. 혜린이는 어느 날 갑자기 불쑥 나타나 내 전부가 되었고, 삶의 이유였다. 그런 혜린이를 포기하려고 한 나 자신이 순간 너무 부끄러웠다. 기회는 기다려 주지 않는다는 말이 떠올랐다. 시간이 없었다. 더 늦기 전에 혜린이를 만나야 했다.

"참! 가면을 쓰고 가는 것은 잊지 말게. 가는 도중에 다른 사람들도 배려해야지."

• • •

숨이 턱까지 차올랐다. 난 혜린이 집으로 가는 동안 단 한 번도 쉬지 않고 계속 달렸다. 다시 나약해진 생각이 들까 봐, 겁이 날까 봐 아무 생각이 들지 않도록 뛰고 또 뛰었다. 익숙한 거리를 지나 목적지에 거의 다다랐을 땐 심장이 터질 듯이 아팠다. 하지만 쉴 순 없었다. 왠지 여기서 멈춰버리면 모든 게 끝이 날 것 같은 불길한 예감이 강하게 들었다.

몇 번의 고비를 넘기고 도착한 중2동 1095-10번지의 앞은 이상할 정도로 고요했다. 그런데 그곳에는 혜린이가 아닌 다른 사람이 문 앞에서 서성이고 있었다. 나는 당장 지금에라도 달려가서 혜린이에게 모든 걸 설명하고 싶었지만, 그 남자는 보기 좋게 혜린이의 집 앞을 지키고 있었다.

'누구지? 왜 혜린이 혼자 사는 단독 주택 앞에서….'

떡 벌어진 어깨에 180cm가 넘는 키. 저런 체격의 내가 아는 사람이라고는 예전의 빚쟁이 말고는 없었다.

'그런데… 빚은 내가 다 갚았는데?'

나는 조심스럽게 좀 더 앞으로 다가갔다. 그가 누군지 확인하려는 순간 혜린이가 문을 열고 집 앞으로 나왔다. 그러더니 밝게 웃으며 그 남자를 맞았다. 둘은 집 안으로 같이 들어갔다. 어안이 벙벙했다. 지금 혜린이에게 무슨 일이 일어난 건지 가늠조차 할 수 없었다.

'혜린이가 반갑게 맞아준 걸 보면 빚쟁이는 아닐 거야. 그럼 누구지?'

머릿속으로 여러 가지 상상을 해 보았다. 그러나 내가 원하는 답은 나오지 않았다. 누구일까? 수십 번을 고민하고 생각해 봐도 지금 내가 할 수 있는 거라곤 이곳에 가만히 서서 기다리는 일 뿐이었다.

얼마 뒤, 짧기만 한 겨울의 해가 지고 달이 뜨기 시작했다. 얼마나 기다린 것인지 손과 발은 추위로 인해 벌겋게 달아 올라 있었고, 얼어버린 귀는 이미 감각을 느낄 수 없었다.

한 시간하고, 오 분 정도 더 지나자 혜린이 집의 문이 열렸다. 그리고 그 남자가 나왔다. 그런데 그는 다짜고짜 달리기 시작했다. 나도 놓칠세라 그 남자를 따라 뛰었다. 무슨 일인지는 전혀 몰랐다. 그냥 몸이 저절로 움직였다.

남자는 근처 꽃집 앞에서 멈춰 섰다. 그리고 지갑을 꺼내 꽃을 주문했다. 그리고 담담하게 나오더니 다시 혜린이의 집으로 향했다.

'설마 혜린이에게 주기 위해…?'

더는 참을 수 없었다. 나는 혜린이 집에서 불과 몇 걸음 떨어지지 않은 거리에서 그 남자를 불렀다.

"저기요!"

내가 소리쳤다. 하지만 그 남자는 듣지 못했는지 아무 미동도 없었다. 나는 달려가서 그의 어깨를 잡았다.

"헉헉, 저기요…."

숨이 찬 목소리로 그를 불러 세웠다. 이제야 그가 나를 돌아보았다. 그런데 나는 할 말을 잃고야 말았다. 내가 올려보아야 하는 큰 키, 뚜렷한 이목구비에 하얀 피부는 흡사 연예인을 떠올리게 했다. 언뜻 보니 공유를 닮은 것 같기도 했다. 그의 외모에 나는 멍하니 바라볼 수밖에 없었다.

"네? 저 말씀이신가요?"

그가 부드러운 목소리로 내게 답했다. 순간 눈앞이 막막했다. 그를 잡은 것까지는 좋았는데, 이제 어떻게 해야 할지 감이 오지 않았다. 그냥 단도직입적으로 어딜 가는지 물어볼까? 아니면 혜린이랑 무슨 사이인지를 물어봐야 하나? 머릿속이 복잡했다. 그런데 먼저 그의 입에서 뜻밖의 말이 튀어나왔다.

"혹시 그… 혜린 후배 친구 분 아니세요?"

그가 나를 뚫어지게 쳐다보더니 말했다. 아마 가면을 쓴 걸 알아본 모양이었다.

"얘기 많이 들었어요. 요즈음 통 연락이 안 된다고 걱정하던데. 잘됐네요. 지금 혜린 후배 보러 가는 중이세요?"

"후배요?"

"아, 인사가 늦었네요. 저는 같은 아카데미 선배인 정우라고 합니다. 그쪽은 이현 씨 맞으시죠? 제가 안타깝게도 책은 못 봤지만, 얘기는 많이 들었어요."

"그런데 꽃은…."

"아 이거요? 선물하려고요. 그런데 혜린 후배가 좋아할지 모르겠네요."

그가 장미꽃을 든 채 머쓱하게 웃었다.

'잘 못 들은 건 아니겠지? 이럴 순 없어, 그 짧은 시간에….'

내 상식으로는 이성 간에 꽃을 주고받는 사이라면 그건 연인인 게 분명했다. 나는 계속 부정했다.

'설마 아닐 거야. 혜린이가 병이 다 나았다지만, 아무리 그래도 이렇게 짧은 시간에….'

"설마… 둘이 사귀는 거예요…?"

내가 제발 아니길 바라며 조심스럽게 물었다.

"아직은 아니에요."

"아직…?"

"제가 많이 좋아하거든요. 지금 다시 가서 고백하려고요. 꽃을 받아 줬으면 좋겠는데. 조금 떨리네요. 그럼 저 먼저 들어가 보겠습니다."

그는 급한 일이라도 있는 듯이 빠른 걸음으로 내 앞에서 멀어져갔다. 지금 이 순간 나는 아무것도 할 수 있는 게 없었다. 정신이 아득했다. 쇠망치로 뒤통수를 얻어맞은 것처럼 멍하고 어지러웠다. 하지만 붙잡을 수 없었다. 나는 혜린이의 남자 친구도, 연인도, 사랑하는 사람도 아닌 그저 친구일 뿐이었으니까.

"혜린이는… 꽃… 알레르기가 있어요."

내가 울먹이며 속삭였다. 하지만 그가 듣기에는 이미 너무 멀리 떨어져 있었다. 나는 계속해서 같은 말을 되뇌었다. 차오르는 눈물로 인해 시야가 뿌옇게 흐려졌다.

지금 당장은 할 수 있는 게 아무것도 없었다. 일 년 전의 나에게 그랬던 것처럼 혜린이가 고백을 거부하길 바랐다. 내게 그랬던 것처럼 아직 마음의 준비가 안 됐다고, 누굴 사랑하기엔 시간이 부족하다고 단호하게 거절하기를 바랐다. 알레르기가 있다며 꽃을 뿌리치고 내게 전화해주길 바랐다. 적어도 내게 다시 고백할 기회를 주길 바랐다. 하지만 그런 일이 일어나지 않으리란 것쯤은 내가 그 누구보다 더 잘 알고 있었다.

집 앞에서 십여 분을 숨죽인 채 기다리자 그가 나왔다. 그런데 손에는 아무것도 들고 있지 않았다. 멀리서 보니 표정을 볼 순 없었지만, 꽃이 없는 걸 보니 혜린이가 받아 준 게 확실해 보였다.

'꽃을 받아 줬나 보네. 혜린이는 꽃 알레르기가 있는데도…, 꽃을 받았어.'

하지만 이해할 수 있었다. 아니, 이해해야만 했다. 나는 가면 쓴 샌님이었고, 그는 누가 봐도 멋지고 잘난 사람이었으니까. 내가 아무리 돈이 많고 유명하다 해도 결국 징그러운 괴물이었고, 그는 나와 다른 세계를 사는 사람이니까.

나는 발걸음을 집으로 돌리며 스스로 자책하고 또 자책했다. 시간을 돌릴 수만 있다면 영혼을 팔아서라도 일주일 전으로 돌리고 싶었다. 내가 왜 혜린이를 피했을까. 결국 이렇게 될 줄 알았더라면 결과가 어떻든 간에 난 혜린이를 만났어야 했다. 그리고 내 얼굴을 보여줬어야 했다. 혜린이를 믿었어야 했다. 하지만 난 그러지 못했다.

'혜린이가 크게 실망했겠지. 내가 아무 말도 없이 피하고 외면했으니까.'

사실 나도 잘 알고 있었다. 나의 문제가 무엇인지, 어떻게 해야 하는지 그 누구보다 잘 알고 있었다. 하지만 나는 겁이 났고 그러지 못했다. 어차피 계속 이런 식으로 가다간 평생 혜린이의 뒷모습만 보다가 끝날 거란 걸 속으로 짐작하고 있었다. 그런데 그게 이렇게 빨리 다가올 줄은 몰랐다.

난 못났고 별 볼 일 없는 사람이었기에, 얼굴에 징그러운 흉터가 있었고, 친구조차 한 명 없는 괴물이었기에 이해할 수 없는 일도 이해해야 했다. 이렇게 사랑하고 원하지만 할 수 있는 것도 없었다. 그저 멀리서 바라보며 자책하고 후회하고 슬퍼하며 이별의 순간을 기다리는 것밖엔 할 수 있는 게 없었다.

결국엔 바보 같은 나 자신이 원망스러웠다. 그렇게 난 한참을 자책하며 스스로 원망했다.

쓸쓸하게 돌아온 4501호는 꼭 내 마음과 같았다. 불이 꺼진 채 텅 비어 있었고 너무나 허전했다. 나는 아무도 들어 올 수 없게 문을 잠갔다. 그리고 침대에 누워 베개에 얼굴을 파묻었다. 아무것도 하기 싫었다. 더는 아무것도…

모든 게 꿈만 같았다. 그래서 꿈이길 바랐다. 하지만 꿈은 아니었다. 나는 지난 27년간 남들에게 받은 거라곤 멸시와 무시밖에 없었다. 세상의 온갖 나쁜 말들을 갖다 붙여도 나에게는 어울렸다. 그런 나에게 웃음을 알려 주고, 사랑을 느끼게 해 준 혜린이에게 감사했다. 그리고 미안했다. 고작 나 같은 사람 때문에 상처받게 하다니…. 그래도 다행이었다. 잘 생긴 외모에 큰 키, 게다가 어딜 가도 인정받는 학교에 다니는 그 선배여서 다행이었다. 그런 사람을 만나서 행복하게 웃으며 미소 짓는 혜린이의 표정을 상상하니 어느 정도 위안이 됐다. 다른 사람이었으면 모르겠지만, 모든 면에서 나보다 뛰어난 사람을 만나서 다행이었다. 아마 그는 좋은 감독이 될 테고, 언젠간 좋은 아빠가 되겠지. 나를 만나서 불행하게 살았을 혜린이를 생각하니 이렇게 된 것도 괜찮은 것 같다는 생각이 들었다. 아니, 그런 생각이 들도록 스스로 세뇌하고 싶었다.

'이제 나는 다 포기하고 참아야겠지….'

아무것도 할 수 없는 나 자신이 부끄러웠다.

* * *

2017년 2월 20일 이현

그 후로 나는 며칠간 침대에서 한 발자국도 떼지 않았다. 어떠한 음식도 먹지 않았다. 물도 마시지 않았다. 입술은 이미 피가 날 정도로 하얗게 텄고, 옆구리는 갈비뼈가 앙상하게 보일 정도로 말라 있었다.

핸드폰은 배터리가 다 됐는지 알람조차 울리지 않았다. 어차피 연락 올 사람도 없었다. 나는 그냥 핸드폰을 창문 밖으로 집어 던져버렸다.

밖에선 며칠째 누군가 계속 초인종을 눌러댔다. 내가 예상하건대 아마도 케빈일 것이다. 한참을 누르더니 내가 아무 반응이 없자 다시금 조용해졌다. 그렇게 나는 또 침대에 누워 멍하니 천장을 바라봤다.

몇 시간 뒤 침대 위의 커튼을 쳤다. 시린 공기가 나를 덮쳤다. 뿌연 안개에 달마저 보이지 않는 늦은 밤이었다. 나는 침대에서 일어났다. 그리고 내가 할 수 있는 마지막 일을 하기 위해 펜을 들었다.

파란색 편지지에 그동안 내가 숨겨왔던 마음들을 적기 시작했다. 생색을 내려는 건 아니었다. 그저 나 같은 초라한 사람일지라도 너를 좋아했었다고, 욕심냈었다고 말해주고 싶었다.

편지지를 빽빽하게 다 채운 뒤에 나는 노트북을 켰다. 『데크레센도』의 마무리를 하기 위해서였다.

'이번에는 가짜 해피엔딩이 아닌 진짜를 원했는데….'

결말이 이도저도 아니게 되어버렸다. 나는 쓰다만 원고를 급하게 마무리했다. 고심 끝에 마지막엔 '그렇게 나는 죽고 말았다.'라고 적었다. 다 쓴 원고를 〈페이지일레븐〉 출판사 팀장님에게 메일로 보냈다.

• • •

"한강으로 가 주세요."

택시기사 아저씨는 무턱대고 뒷자리를 점거한 나를 힐끗 쳐다보더니 표정을 찡그렸다.

"이거 서울 택시 아닙니다."

나는 대꾸할 힘조차 남아 있지 않았다. 그저 조용히 주머니에서 구겨진 오만 원 권을 몇 장 집어 들었다.

"마포대교…."

내가 듣기에도 내 목소리는 죽어가는 사람의 신음 같았다.

택시기사 아저씨는 걱정스럽다는 표정으로 나를 바라보더니 차를 움직이기 시작했다.

"도착해서 딴말 없기예요."

"제겐 그깟 돈… 필요 없습니다."

돈을 받아 든 택시는 말없이 한참을 달렸다. 뜻밖의 횡재를 한 택시기사는 기분 좋은 목소리로 콧노래를 불렀다.

"그런데 이 밤에 한강은 무슨 일로?"

택시기사는 가만히 누워있는 나를 힐끗 쳐다보더니 말했다. 물론 나는 대답하지 않았다. 그는 머쓱했는지 열려 있던 조수석 창문을 닫았다.

"가는 길에 우체통이 있을까요?"

"네?"

"우체통…."

"아마 있을 테죠."

"그럼 이것 좀 넣어주시겠어요? 저는 할 수 없는 일이라서…."

나는 조금 전에 쓴 편지를 그에게 내밀었다. 그리고 어지러움을 호소하며 뒷좌석에 드러누웠다.

"우표도 안 붙어 있네. 이러면 반송되는데…. 마침 제 아들놈이 군대에 가는 바람에 제 지갑에 우표가 좀 남았군요. 손님 운 좋은 줄 아세요."

늦은 새벽이라 그런지 고속도로에는 달리는 차들이 없었다. 덕분에 한강까지 가는 길은 그리 오래 걸리지 않았다.

"다 왔어요."

그가 나를 흔들며 깨웠다. 잠깐 잠든 모양이었다. 눈을 떠보니 택시 내비게이션에는 마포대교라고 쓰여 있었다.

"편지… 잘 부탁합니다."

나는 주머니에서 남아 있는 지폐를 모두 꺼냈다. 상당한 금액이었다.

"이건 편지 값입니다."

내가 문을 열고 내리려고 하자 그가 나를 붙잡았다.

"무슨 일인지는 모르겠지만, 젊은 나이에…. 다시 생각해 보세요."

"알면서 여기까지 태워주셨잖아요. 말린다고 해도 소용없습니다."

"그래도 삶은 소중한데…, 아직 제 아들뻘이라 하는 말입니다. 조금 더 용기를 내면서 살아 보심이…."

"돈 돌려주세요. 조용히 운전만 하는 택시기사를 만났어야 했군요."

내가 귀찮다는 듯이 손을 내밀었다.

"아닙니다. 수고하십시오."

택시가 눈앞에서 사라졌다. 이제 마포대교에는 나 혼자뿐이었다. 내가 여기서 떨어져 죽는다고 해도 아무도 말릴 사람은 없었다. 말린다고 해도 당장 가면을 벗는다면 다 도망가겠지만 말이다.

마음의 준비 따위는 필요 없었다. 담담하게 다리 위에 올라서자 투신 방지용 사이렌이 울렸다. 하지만 그걸 듣는 사람은 나 말고는 아무도 없었다. 아래를 내려 보았다. 끝없이 내려가는 시야에 현기증까지 나기 시작했다. 고소공포증이었다.

'드디어 죽는구나.'

바람도 날 보고 빨리 뛰어내리라는지 더욱 세차기 불기 시작했다. 한낱 자연마저 나를 무시하는 것 같은 기분이 들었다. 뭐 상관없었다. 어차피 나는 곧 죽을 거니까.

나는 눈을 감았다. 그리고 조심스럽게 팔을 벌렸다. 상쾌한 새벽 공기가 내 얼굴을 적시자 죽는다는 게 어느 정도 실감이 나기 시작했다. 고개를 앞으로 천천히 숙였다. 그리고 그대로 곧장 중력에 몸을 맡겼다. 그리고 나는 기도했다.

'뜻하지 않았던 인생, 죽음만큼은 내 뜻대로 되기를.'

Episode 8.

악몽이라고 말해 줘요

2017년 2월 18일 오혜린

늦은 밤 버스가 끊길 무렵 정우 선배가 다시 집으로 찾아왔다.

며칠 전부터 현장 답사를 한다면서 같이 영화를 본 게 화근이었다. 단호하게 거절했어야 하는데, 이미 후회하기에는 너무 늦은 뒤였다. 게다가 이번에는 내가 알레르기까지 앓고 있는 장미꽃을 들고 있었다. 원하지 않던 상황에 머리가 어지러웠다.

"선배, 이러지 마세요. 그때 선배도 현장답사니까 괜찮다고 했잖아요. 이러시면 어떡해요."

"아니 난 그냥 혜린 후배가 마음에 들어서 그런 건데. 요 며칠 함께 영화도 보고 밥도 먹고 했잖아요. 아카데미 동기들한테 저 괜찮다고 말도 했다면서."

"네 괜찮은 사람은 맞아요. 하지만 이성으로 만나고 싶다는 뜻은 아니었어요."

나는 어금니를 깨물며 억지로 웃는다. 하지만 선배는 물러날 기색이 없어 보인다.

"뭐가 문제예요? 오늘 아침부터 종일 같이 돌아다니다가 저녁을 대접한다면서 집으로 초대까지 해놓고선 이제 와서 이성은 아니라고요?"

"저는 제 선배가 제 단편영화에 조언도 해주시고, 여러모로 잘 챙겨주시는 것 같아서 감사의 마음으로 초대한 것뿐이에요. 다른 오해는 안 하셨으면 좋겠어요."

"그래요, 아직은 이성으로서 생각 안 해봤을 수도 있어요. 그러면 지금부터라도 생각해 보는 건 어때요? 후배가 아직 잘 몰라서 그러는데 저 교내에서 인기 많아요. 아무한테나 이러는 거 아니에요. 나이도 서른이나 먹었는데 이제 슬슬 결혼 생각도 하고 있고, 단순한 마음으로 만나자는 게 아니라니까요? 그러니까…."

정우 선배가 내게 꽃을 들이밀었다. 화들짝 놀란 나는 꽃에 닿지 않기 위해 한 걸음 물러났다. 그러자 선배가 꽃을 주기 위해 내 손목을 잡았다.

"왜 이래요. 이거 놓으세요!"

내가 있는 힘껏 손을 뿌리치자 꽃다발이 땅에 떨어졌다. 심상치 않은 선배의 표정.

"죄송해요. 제가 꽃 알레르기가 있어서…."

선배는 복잡하다는 표정으로 하늘을 바라보더니 이내 한숨을 내쉰다.

"혜린 후배 좀 이상한 거 알아요? 이럴 거면 왜 나랑 같이 영화 보고, 밥 먹고, 놀러 다닌 거예요? 집으로 초대는 또 왜 했고? 지금 나 가지고 논 거예요?"

"아, 아니에요. 선배가 부담 갖지 말라고 그냥 선배로서 사 주는 거라고 하셨잖아요. 집으로 초대한 이유는 방금 말씀…."

"됐어요. 사람을 호구로 보는 것도 정도가 있지."

선배가 삐걱거리는 현관문을 닫지도 않은 채 밖으로 나가버렸다. 마음 같아서는 한바탕 욕지거리를 퍼붓고 싶었지만, 아카데미에서 어떤 소문이 날지 몰랐기에 일단 참기로 했다.

'이럴 때 위로해 줄 현이가 있었으면 좋았을 텐데….'

그날 이후로 현이에게는 아무 연락도 오지 않았다. 대체 무슨 일이기에 날 피하는지 찾아가 따지고 싶었다. 하지만 그럴 수 없었다. '지금은 그저 현이를 믿고 기다리는 수밖에는….'

* * *

2017년 2월 21일 오혜린

나는 그렇게 초조한 마음으로 현이에게 연락이 오기만을 기다렸다. 밥을 먹을 때도 핸드폰에서 눈을 떼지 못했고, 제작진들과 함께 영화를 찍을 때도 집중할 수가 없었다. 그날부터 지금까지 내 신경은 온통 현이에게 쏠려 있었다.

오늘은 모처럼 아무 계획이 없는 날이었다. 촬영 계획도 없었고 아카데미도 쉬었다. 그리고 무엇보다 현이에게 아무 연락이 오지 않는 나흘째 되는 날이었다. 이제는 걱정되는 동시에 화가 나기 시작했다. 나는 무작정 찾아가 빨래를 개고 있는 연희에게 투덜거렸다.

"정말 어떻게 이럴 수가 있어? 아무리 그래도 그렇지. 사흘 동안 연락을 안 해?

"그날 서로 울고불고 난리 났었다며? 무언가 말 못 할 사정이 있겠지. 조금만 더 기다려 봐."

"이런 적은 처음이야. 나는 그동안 현이를 소중한 친구라고 생각했는데 현이는 그게 아닌 걸까? 그렇지 않고서야 이럴 리가 없어."

"현이는 누구보다도 널 제일 소중하게 생각할걸? 너한테까지 말을 안 한 걸 보면 조금 심각한 일인 것 같은데."

"하지만 그게 무슨 일이길래…. 최근 들어 현이가 조금 이상하긴 했어. 낯설다는 느낌도 들었고…."

"그래서, 쉬는 날 대낮부터 우리 집에 찾아와서 무슨 말을 하고 싶은 거야?"

연희는 들고 있던 빨래를 내려놓고 돌려 말하지 말라는 듯 나를 쳐다본다.

"현이네 집에 같이 가보자. 저번에 나 혼자 갔을 때는 문도 안 열어 줬거든. 같이 가면 어떨까 해서…."

"알았어. 빨래만 다 개고."

나는 부리나케 달려가 연희가 빨래 개는 것을 돕는다. 몇 분 뒤 마지막 수건까지 잘 정돈하고 나서야 나는 연희를 데리고 밖으로 나갈 수 있었다.

4일 만에 다시 찾아온 4501호 앞에는 평소 현이가 읽던 신문이 즐비하게 놓여 있었다. 날짜를 보니 18일부터 21일까지의 신문이었다. 아무래도 그날 이후로 현이가 밖에 나오지 않았거나, 밖으로 나가 들어오지 않은 게 확실했다.

"이제 어쩔 거야?"

연희가 널브러진 신문지를 정리하며 물었다. 나는 아무 말 없이 초인종을 누른다. 하지만 인기척은 없었다.

"혜린아. 아무래도 안에 없는 것 같아."

나는 초인종을 한 번 더 누른다. 이번에도 정적만 흐를 뿐이었다. 그런데 엉뚱한 데서 문이 열렸다. 바로 뒷집인 4502호였다. 그곳에서 이국적으로 생긴 중년 남자가 반쯤 몸을 내밀더니 허스키한 목소리로 내게 물었다.

"소설가 양반을 찾으러 오셨소?"

"네…, 4501호에 사는 사람을 만나러 왔어요."

"그렇다면 잘 못 온 걸게요. 나도 며칠 전부터 찾아가 봤지만, 어디로 갔는지 통 소식이 없다오."

그 말을 들은 연희는 이제 포기하고 집으로 돌아가서 조금만 더 기다려 보자고 했다. 하지만 난 그럴 수 없었다.

"혹시 현이가 다시 돌아오면 제게 연락 좀 주실 수 있으세요?"

"흠, 그럽시다."

그가 내게 연락처를 쓸 종이와 펜을 건넨다.

"여기요…. 꼭 연락 부탁드릴게요."

"소설가 양반에게는 누가 들렀다고 전해 주면 되겠소?"

"오혜린이라고 하면 알 거예요."

"오혜린…?"

그는 갑자기 문을 벌컥 열고 나오더니 나를 뚫어지게 바라본다. 짧게 자른 흰 머리와 덥수룩한 수염. 한눈에 봐도 범상치 않은 사람 같아 보였다.

• • •

"앉으시게나. 어디서부터 얘기를 해야 할지 모르겠군."

갑자기 그가 할말이 있다면서 우리를 집으로 안내했다. 연희는 이상한 사람 같다며 들어가기를 꺼렸지만, 나는 끝까지 설득했다. 분명히 이 사람은 현이에 대해 무언가 아는 것 같았다.

"숙녀분께서 여기까지 찾아온 걸 보니 아무래도 소설가 양반이 실패했나 보오."

"네? 그게 무슨 소리예요?"

실패? 무슨 소리인지는 모르겠지만, 왠지 불길한 예감이 들었다.

"나흘 전 그는 많이 괴로워했다오. 자신이 좋아하는 여자가 이제 병이 다 나아서 사람들의 얼굴을 볼 수 있게 됐다더군. 그 여자가 누군지는 지금 내 앞에 계신 숙녀분께서 제일 잘 알 거요."

내가 병이 나은 게 괴롭다면…, 나는 연희를 바라보며 속삭인다.

'제발 내가 예상하는 그게 아닐 거라고 말해줘.'

"내가 보기엔 자격지심이 많아 보였어. 얼굴에 있는 흉터가 아가씨와의 거리를 더 멀어지게끔 만들 수 있다고 믿는 눈치였지. 그래서 더욱 두려워했네. 아가씨와의 사이가 멀어질까 봐, 자신의 얼굴을 보고 징그러워할까 봐. 그는 매우 두려워했어."

내 예상이 맞았다. 현이는 흉터에 대한 트라우마가 있었다. 하지만 나는 그걸 새까맣게 잊어버리고 있었다. 순간 현이를 배려하지 못한 나 스스로가 미웠다.

'현이는 나를 배려해줬는데….'

차를 탈 땐 내가 그날 이후로 앞자리에 타는 것을 무서워하는 걸 알고는 항상 뒷자리에 같이 앉아주었다. 말을 할 때도 내가 운명이라는 단어를 싫어하는 걸 알고는 내 앞에서 그 단어를 한 번도 사용하지 않았다. 현이는 그랬는데…, 나는 그러지 못했다. 이런 내 모습이 너무 미웠다.

"겁이 났던 모양이지. 처음으로 외모가 아닌 자신의 내면을 봐준 사람에게 자신의 치부를 드러내야 한다는 게 말이야."

"하지만… 그런 이유로 며칠 동안이나 연락이 없다는 건 말이 안 돼요. 전화기도 계속 꺼져 있고 집에는 없고…."

"그날 밤 아가씨를 만나러 갔네."

그가 심각한 표정으로 나를 가리킨다.

"네? 저를요?"

"밤 11시쯤이었어. 더 오해가 생기기 전에 만나야 한다고 뛰어나갔네. 그리고 지금까지 돌아오지 않았어. 무슨 일이 일어난 것 같긴 한데…, 그 이상은 잘 모르겠네. 이제 숙녀분께서 이야기할 차례군. 그날 밤 어떻게 됐기에 지금까지 연락이 없는 건지 얘기해 주겠나?"

"저는… 그날 현이를 보지 못했어요. 저한테 온 게 맞았다면 제가 봤어야 했는데…."

"혜린아. 넌 그날 11시쯤에 뭘 하고 있었어?"

지켜보고 있던 연희가 내게 묻는다. 나는 곰곰이 생각해 보았다. 나흘 전 점심에 정우 선배와 현장 답사를 한다며 대학로에 가서 연극과 영화를 보았다. 저녁에는 부천으로 돌아와 내가 음식을 대접하겠다고 정우 선배를 집으로 초대했고…. 순간 머릿속으로 선배가 꽃을 들고 우리 집에 왔던 생각이 났다.

"꽃…. 그날 밤 정우 선배가 꽃을 들고 저희 집에 찾아 왔었어요. 거절하고 돌려보내긴 했지만…, 하지만 그건 현이와 아무 상관이 없는 일이에요."

"어쩌면…."

연희가 입을 열었다. 무언가 떠오르는 게 있는 모양이었다.

"그렇군. 그렇게 된 거였어."

"둘 다 그게 무슨 소리예요? 대체 나만 빼고 아는 게…."

"혜린아 모르겠어? 현이는 크게 실망했을 거야. 누구보다 널 아끼고 좋아했었으니까."

"무슨 소리인지 모르겠어. 날 아끼고 좋아하는 거랑 실망하는 게 무슨 상관인데?"

"말 그대로야 널 많이 좋아했어. 하지만 너 때문에라도 그 마음을 숨기고 있었어."

"아니야. 예전에 현이가 더는 내가 이성으로 보이지 않는다고 했어. 포기했다는 말까지 했다고. 현이는 날 친구로서 좋아했다고 한 걸 거야."

갑자기 연희가 두 손으로 내 손을 잡는다.

"혜린아 내 말 잘 들어. 현이는 널 많이 좋아했어. 네가 또 상처받을까 봐 좋아하는 마음을 계속 숨길 만큼."

"그럴 리가 없어. 현이는 내게 아무 표현도 하지 않았어."

"그땐 네가 많이 아팠으니까. 또 밀어낼까 봐 두려웠겠지. 현이는 누구보다 널 좋아했어. 그걸 티 내지 않으려고 많이 노력했고."

"거짓말. 너는 그걸 어떻게 아는데? 너보다 현이는 내가 더 잘 알아. 분명 다른 이유가 있을 거야."

"나도 정말 너를 위해서도, 현이를 위해서라도 이런 말 하기는 싫었는데 어쩔 수 없게 됐네. 혜린아, 지금부터 내가 하는 말은 다 진짜야."

연희는 천장을 바라보며 잠시 망설이더니 이내 말을 이었다.

"예전에 우리가 같이 살 때 네가 감기에 걸린 것 같으면 몰래 파인애플 통조림하고 약을 놓고 가더라. 내가 물었지. 직접 주면 될 걸 왜 나한테 주느냐고. 현이가 뭐라고 대답했는지 알아? 네가 마음이 좀 안정될 때까지는 모르는 척해 달라고 했어. 네가 현이를 한 번 거절했었다며? 또다시 좋아하는 마음을 들켜 버리면 서먹서먹해질까 봐 무섭대. 자기는 이대로도 좋으니까 그냥 좋은 친구로라도 남고 싶다고 했어. 나도 처음엔 이해가 되지 않았는데, 현이의 처지에서 생각해 보니까 얘기가 좀 다르더라. 너는 현이에게 있어서 전부였고 처음이었으니까. 진심으로 사랑하는 사람이었으니까. 그래서 멀리서라도 널 도와줬던 거야. 아카데미 장학금도 그렇고 내가 지금까지 너한테 선물한 옷, 시계, 신발, 가방 전부 다 현이가 준 거야. 나도 잘 알지는 못하지만 아마도 더 많을걸? 현이는 그 정도로 널 사랑했으니까."

'날… 사랑했다고? 몰래…?'

나는 지금의 상황이 도무지 믿어지지 않았다. 현이를 처음 만났을 땐 어느 정도 내게 마음이 있다는 걸 알고 있었다. 하지만 현이와 내가 좋은 친구 사이로 남게 되었을 때 내가 흔들릴 때마다 먼저 선을 그어준 것도 현이었다. 그동안 현이는 내게 아무 내색도 하지 않았고, 항상 우리는 좋은 친구 사이라는 걸 강조했었다. 그랬던 현이가 날 계속 좋아했었다니….

"옆에 있는 아가씨의 말을 들어보니 나도 이제 좀 이해가 가는군. 소설가 양반에겐 성공이나 권력보다 중요했던 게 따로 있었어. 그게 바로 내 앞에 있는 아가씨였네. 남자는 때때로 그럴 때가 있다네. 사랑하는 사람을 영영 잃어버리는 것보다 멀리서라도 지켜보는 게 낫다고 생각할 때가 있지. 며칠 전 소설가 양반과 대화를 나누었을 때 나는 깨달았지. 지금 당신을 자신의 목숨보다 더 사랑하고 아낀다는 걸 말이야. 왜냐고? 답은 단순해. 아가씨께서는 그의 삶이자 전부였으니까. 맞아! 이럴 때가 아니야. 소설가 양반은 심리적으로 많이 불안해 보였어. 지금 우리의 예상이 사실이라면 빨리 찾아야 해. 우선 나는 경찰에 알려 실종신고를 하겠네."

순간 정신이 아득했다. 엄청난 충격에 지금 내게 무슨 일이 일어난 건지 생각할 정신조차 남아 있지 않았다. 나는 멍하니 정면을 바라보며 생각하려고 노력했다. 하지만 숨만 가빠질 뿐 아무 효과가 없었다.

"혜린아… 괜찮아? 우선 너는 여기서 좀 쉬어. 나는 한 번 출판사 쪽에 연락해 볼게."

그와 연희는 현이를 찾기 위해 밖으로 나갔다. 이제 4502호에는 나만 남게 되었다. 나는 소파에 앉은 채 창밖을 보았다. 어느새 밖이 어두워져 있었다.

'현이가 그 정도로 날….'

그동안 힘들게 마음을 숨겨왔을 현이를 생각하니 가슴이 먹먹해졌다. 창밖에 뜬 달을 바라보니 예전의 기억들이 떠올랐다.

디미누엔도 카페에서 처음 만났을 때부터 내가 더는 치료를 받기 싫다고 하자 내 손을 꼭 잡고 병원에 데려다줬던 기억, 같이 벚꽃놀이를 갔었던 기억, 첫눈 오는 날 부평역 지하상가에서 같이 길을 잃었던 기억. 그 모든 기억 속에서 나는 눈치채지 못하고 있었다. 아니, 알면서도 눈치채고 싶지 않았던 걸지도 모른다. 현이는 항상 날 생각해 주었고 배려해 주었다. 그런데 난 그걸 당연하게만 생각하고 있었다. 언제나 내 곁에 있어 줄 것만 같았다. 현이라면 무슨 일이 있든 날 지켜 줄 것만 같았다. 그런데 현이도 감정을 느끼는 사람이었다. 순간 죄책감이 들었다. 현이가 그렇게 간절하게 애원하고 바랐는데, 왜 난 모르는 척했을까? 알았다고 해도 나는 받아줄 수 있었을까? 왜 그렇게 모든 걸 숨기면서까지 날 사랑했을까.

지금은 그저 현이에게 아무 일도 없었으면 좋겠다는 생각이 들었다.

* * *

2017년 2월 25일 오혜린

그날 이후 나는 모든 일을 제쳐놓고 현이를 찾는 데만 집중했다. 경찰서에 들러 실종신고를 해서 카드 사용 내역과 핸드폰 위치추적을 시도했지만, 18일 이후로 현이의 카드 사용기록은 없었다. 핸드폰 또한 계속 꺼져 있는 상태여서 위치 추적이 불가능했다. 그런데 며칠 후 현이로부터 한 통의 편지가 도착했다. 편지를 먼저 본 연희는 내게 절대 보지 말 것을 권했지만, 나는 연희의 말이 끝나기도 전에 파란색 편지지를 잡아들었다.

이 편지를 보고 있을 때쯤에는 네가 많이 행복했으면 좋겠다. 가족도 없고 세상에게도 버림받은 내게 처음으로 사랑이란 감정을 느낄 수 있게 해 준 사람이 바로 너니까.
그동안 많이 힘들었어. 널 좋아하면서도 그 마음을 숨긴다는 게 말처럼 쉬운 게 아니더라고. 하지만 행복했어. 아직도 아침에 눈을 뜰 때면 내가 널 알게 된 게 꿈은 아닐까 내 볼을 꼬집어 봐. 넌 그 정도로 내게 있어 꿈같은 사람이었어.
이제는 솔직히 말할게. 난 널 많이 좋아했어. '많이'라는 단어로 감히 설명할 수 없을 만큼 많이 말이야. 가끔은 내가 이렇게 못난 사람이 아닌 잘나고 멋진 사람이길 바랄 때가 있었어. 그러면 널 사랑할 자격이 되었을 텐데.
혜린아. 나는 네가 병이 다 나았다는 소식을 듣고 많이 당황했어. 무서웠거든. 내 흉터를 보고 다른 사람처럼 징그럽다며 나를 떠나갈까 봐 걱정부터 들었어. 먼저 축하해주는 게 도리였는데 내가 참 바보 같았지. 하지만 어쩔 수 없었어. 난 초라한 괴물이고 넌 빛나는 사람이었으니까. 어쩌면 네가 아직 내 얼굴을 보지 못한 게 다행이라는 생각이 들어. 우리가 같이 쌓은 추억들마저 내 흉터처럼 지울 수 없을 만큼 흉측하게 변해버리는 것보다는 나으니까.
참, 네 입학식 때 내가 너 몰래 빚을 갚았어. 동정은 아니야. 그 빚쟁이가 네게 해코지를 할까 봐 두려웠어. 어차피 네가 없었으면 벌지 못했을 돈이니까 이 정도는 받아도 된다고 생각해.
네가 갑자기 이런 편지를 받게 되면 많이 당황스럽겠지만, 언젠가는 네게 들려주어야 할 이야기들이야. 며칠 전 우연히 지나가다가 네 집 앞에서 행복하게 웃는 너를 봤어. 지난 일 년간 내가 본 네 모습 중에 가장 행복해 보였어. 앞으로도 그 사람과 네가 행복한 기억들로만 가득했으면 좋겠다. 이게 내 마지막 바람이야. 나는 이제 조금 먼 곳으로 여행을 떠나려고 해. 앞으로 볼 수 없을지도 몰라. 그러니까 날 찾지 말고 앞으로도 잘 지내길 바랄게.
어느 순간 내게 다가와 내 모든 것이 되었고, 내 전부가 되어 준 오혜린에게.

현이는 이런 내용의 편지를 남겨둔 채 어디론가 멀리 떠나버렸다. 처음에 난 믿지 않았다. 누군가 우리의 책을 보고 장난을 친 것이겠지 하고 넘어갔다. 하지만 하루가 지나고, 일주일이 흘러 한 달이 지나서도 현이에게 연락이 닿지 않았다. 그제야 나는 정신이 들었다. 현이는 어딘가로 떠나버리고 이제 내 곁에 없었다.

• • •

2017년 3월 20일 오혜린

아침에 일어나 집 앞 맥도날드에서 햄버거를 주문한다. 콜라에 빨대를 꽂은 뒤 창가가 보이는 구석 모퉁이 자리에 앉아 한 입 베어 문다. 현이가 자주 가던 햄버거집에서 오지 않을 현이를 기다리는 일이 이제는 내 일상이 되어버렸다.

문이 열리고 사람이 들어오는 소리가 날 때면 습관적으로 계속 뒤를 돌아본다. 혹시라도 현이가 올까 봐. 익숙한 가면을 쓴 채 내게 성큼 다가와 '많이 기다렸지?'라는 말과 함께 내 옆에 앉을까 봐.

오늘이 현이가 떠난 뒤 정확히 한 달이 되는 날이다. 그동안 바뀐 건 없었다. 그저 3년 전으로 되돌아간 느낌이다. 네가 내 친구가 된 후로 슬픈 영화를 봐도, 가슴 아픈 일이 있어도 눈물을 흘리지 않는 법을 알게 되었는데 다시 잊어버렸다.

이제는 예전처럼 밥을 먹어도, 옷을 입어도 심지어 화장을 할 때도 눈물이 났다. 이별은 익숙해지는 법이 없나 보다. 내 일상은 늘 그렇듯 현이가 없는 것만 빼고 모든 것이 그대로였다. 매주 금요일 저녁에 같이 보던 영화를 혼자 보는 거나 디미누엔도 카페에서 아무런 간섭 없이 온 종일 같이 이야기하던 그 자리에 내가 혼자 앉게 되었다는 것 빼고는 말이다.

가끔은 멀리 떠나간 그곳에서는 밥은 잘 먹는지, 가끔 내 생각을 하는지 묻고 싶었다. 그리고 말해 주고 싶다. 나는 지금 잘 지내고 있다고. 네가 없는 거 빼고는 모든 게 좋다고. 그러니까 이제 그만하고 돌아와 달라고.

• • •

2017년 4월 16일 오혜린

이제 확실한 건 현이는 돌아오지 않는다는 것이다. 어디로 갔는지 벌써 두 달째 연락이 닿지 않는다. 이제는 미련을 버리기로 했다. TV나 신문광고로 간간이 들려오는 『데크레센도』의 출판 소식이 내가 들을 수 있는 유일한 현이의 소식이었다. 아무래도 잘 지내는 것 같아 다행이었다.

단편 영화의 촬영을 마치고 아카데미로 돌아갔을 때 웅성거리며 사람들이 나를 기다리고 있었다. 다들 하나같이 심각한 표정으로 나를 걱정하는 눈치였다. 갑자기 그중 현진이가 뛰쳐나오며 내게 말한다.

"언니… 들으셨어요?"

"뭐를? 아무것도 들은 게 없는데…."

나는 이상한 낌새에 주위를 둘러본다. 다들 내게 시선이 집중되어 있었다. 나를 바라보는 그들의 애처로운 눈빛은 지레 나를 겁먹게 만들었다.

"오늘 소설가 H의 새책이 나왔어요. 언니도 잘 알 거예요. 『데크레센도』라고…. 그런데…."

현진이는 말을 잇는 걸 망설인다. 나는 속으로 생각한다.

'참, 오늘은 현이가 쓴 책이 나오는 날이었지.'

"그런데… 죽은 것 같아요."

순간 내 귀를 의심했다. 죽은 것 같다니? 누가? 나는 이제 더 잃을 가족도 없었고 남은 친구라고 해봐야 연희 하나였다. 나는 현진이의 어깨를 붙잡은 채 묻는다.

"죽다니? 누가? 내가 잘못 들은 거겠지…?"

현진이는 내게 책을 한 권 내밀었다. 책 표지에는 남자와 여자가 비 내리는 골목에서 같이 우산을 쓴 채 서로를 바라보고 있는 그림이 그려져 있었다. 제목을 보았다. 『데크레센도』라고 적혀 있었다. 저자는 소설가 H. 분명 현이었다.

"응. 현이가 쓴 책이잖아?"

"언니, 마지막 장을 읽어보세요. 아무래도 소설가 H는 죽은 것 같아요."

나는 현진이가 지금 무슨 소리를 하고 있는지 도무지 감이 잡히지 않았다. 현진이의 말대로 책의 마지막 장을 들추어 보았다. 그곳에는 출판사의 말이 적혀 있었다.

이 책의 원고가 저희 출판사로 도착했을 때쯤 소설가 H로부터의 유서가 있었습니다. 처음에는 저희도 믿지 못했습니다. 하지만 유서를 읽어 본 결과 저희는 그의 뜻을 따르기로 했습니다.
『데크레센도』의 결말에 쓰여 있듯 H 씨는 '그렇게 나는 죽고 말았다.'라는 문장과 함께 죽음을 암시했습니다. 소설 『데크레센도』가 소설가 H의 실화 기반의 내용임을 감안하고, 유서를 저희 출판사 쪽으로 직접 보낸 것을 보았을 때 아마 소설가 H씨는 해서는 안 될 선택을 한 것 같습니다.

> 저희는 유서를 받은 뒤 바로 관할 경찰서에 연락하여 H 씨에 대한 정보를 찾고, 마지막 목격자에 관한 진술을 얻고자 노력해왔습니다. 하지만 아직까지는 정확히 확정된 사실은 없습니다. 독자분의 많은 제보가 절실히 필요한 때입니다.
> 평소 소설가 H 씨와 친분이 있거나 교류가 있었던 분은 저희 출판사 쪽으로 연락을 주시면 감사하겠습니다.

세상이 무너져 내리는 기분이었다. 지체할 시간도 없었다. 나는 책을 든 채 근처의 화장실로 들어갔다. 문을 잠그고 난 뒤 핸드폰의 연락처를 뒤져 출판사에 전화를 걸었다.

"지금은 통화량이 많아 연결이 원활하지 않습니다. 잠시만 기다려 주시면…."

자동 응답 메시지만 들려왔다. 아무리 기다려 봐도 통화는 연결되지 않았다. 답답함이 밀려오는 동시에 눈물이 쏟아지기 시작했다. 지워진 화장 때문에 검은 눈물이 바닥에 뚝뚝 떨어졌다.

'아닐 거야… 아닐 거야.'

나는 속으로 생각하고 또 생각했다. 제발 이건 꿈일 거라고 현실을 부정하고 싶었다. 하지만 총에 맞은 듯이 저려오는 심장이 나를 꼬집었다. 나는 화장실에서 나와 미친 사람처럼 오열하며 거리를 달렸다. 신호등 근처 정차된 택시가 보였다. 누군가 그 택시를 타기 위해 문을 열었지만 나는 달려가서 택시를 빼앗았다.

"서울 종로 페이지일레븐 출판사로 빨리 가주세요."

"아가씨, 이거 인천 택시인데."

"제발! 빨리 가 주세요. 시간이 없어요."

나는 금방에라도 숨이 멎을 듯 가쁜 호흡으로 오열했다. 택시 기사 아저씨는 깊이 내쉬는 한숨과 함께 차를 몰기 시작했다.

아무리 울고 또 울어도 마음은 진정되지를 않았다. 어느새 내 손등과 팔목에는 검은색 눈물이 가득 번져 있었고 계속되는 어지러움에 멀미가 나기 시작했다.

만약에, 만에 하나라도 현이의 죽음이 사실이라면 나는 이제 감당할 수 없는 아픔을 껴안고 살아가야 했다. 사랑하는 사람을 또 잃는다는 건 두 번 다시 겪고 싶지 않은 감정이었는데 어느새 내 앞에 재앙처럼 다가왔다. 하지만 믿지 않았다. 이건 거짓말이거나, 내가 지금 악몽을 꾸고 있는 게 분명했으니까.

마음 같아서는 당장 출판사로 달려가 사실이냐고 이게 무슨 소리냐고 묻고 싶었다. 하지만 택시는 내 마음도 모르는지 거북이처럼 천천히 달렸다. 몇 분 뒤 출판사에서 전화가 걸려왔다. 하지만 나는 망설였다. 방금 전까지는 그렇게 간절히 원하던 출판사로부터의 연락이었지만 지금은 전화 받기가 무서웠다. 어쩌면 이 한 통의 전화로 돌이킬 수 없는 일이 일어날 것만 같은 기분이 들었다. 하지만 이미 일어난 모든 일은 되돌릴 수 없었다. 나는 마음속으로 간절히 기도하며 통화 버튼을 눌렀다.

"여보세요? 페이지일레븐 출판사입니다. 연락 주셨죠?"

"저… 이현 작가 친구 오혜린이에요. 현이가 유서를 남겼다니, 그게 무슨 소리예요?"

"아. 잠시만요. 담당자 바꿔드릴게요."

잠시 후 자기를 페이지일레븐 팀장이라고 소개하는 사람이 전화를 받았다. 어디선가 들어본 익숙한 목소리였다.

"음… 저기 오혜린 씨 맞으십니까?"

"네, 제발 아무 일 아니라고 말씀해 주세요. 제발요."

나는 거짓말인 걸 알면서도 빌고 또 빌었다. 악몽인 걸 알면서도 빨리 이 꿈에서 깨어나길 바랐다.

"오늘 아침 한 택시 기사로부터 연락이 왔습니다. 그날 새벽 가면 쓴 사람을 마포대교로 데려다줬다는…. 흐음. 아무래도 이쪽으로 와 보셔야 할 것 같아요. 증인 인적사항 조사랑 사망 확인이 된다면 유서에 따라 책 인세를 오혜린 씨에게 지급을 해야 해서…"

"거짓말…"

나는 핸드폰을 손에서 놓치고 말았다. 떨어진 핸드폰은 바닥으로 굴러가더니 앞좌석 밑으로 들어가 버렸다. 나는 지금 이 상황이 믿기지 않았다. 이제는 어지럽기보단 아무 생각조차 하기가 싫었다. 그냥 창밖에 보이는 한강에 몸을 던져버리고 싶은 마음뿐이었다. 나는 계속해서 소리 내어 울었다. 눈물이 다 말랐는지 더 이상 나오지 않았다. 끝내 나는 이 악몽에서 깨어나지 못했다.

"괜찮아요? 아가씨?"

신호에 걸린 사이 택시기사 아저씨가 나를 보며 괜찮으냐고 물었다. 나는 고개를 들어 택시기사를 바라봤다. 그런데 무언가 이상했다. 눈, 코, 입 모두 흐릿하게만 보인다.

나는 다시 예전처럼 사람들의 얼굴이 보이지 않기 시작했다.

Episode 9.

솔체꽃의 슬픔

2017년 3월 2일 이현

경이롭고 광활한 주황색 터널이 끊임없이 이어져 있다. 나는 지금 영문도 모른 채 그 속으로 빨려 들어가고 있었다. 터널 속에서 한참의 시간이 흘렀을 때 조금씩 의식이 돌아오기 시작했다.

'여긴 어디지? 난 왜 여길 빨려 들어가고 있는 거지?'

의식이 돌아와도 할 수 있는 건, 의문을 가지는 것뿐이었다. 나는 지금 내가 왜 이 터널에 빨려들었는지, 이 터널의 끝은 어디인지 가늠할 수 없었다.

시간이 지나자 터널은 곧 파란색으로 바뀌었다. 이제는 빨려드는 게 아닌 내 몸이 여러 가지 형체로 변하면서 어지럽게 뒹굴기 시작했다. 내 몸은 설명할 수 없을 만큼 괴이한 형체들로 변했다. 그와 동시에 아무것도 느낄 수 없는 만큼 작아졌다가 다시 원래대로 돌아오기도 했다. 시간이 얼마나 흘렀는지 느낄 수조차 없었다. 계속해서 나는 터널 속을 뒹굴고 있었다.

갑자기 어딘가로부터 사람의 목소리가 들리기 시작했다. 진원지는 알 수 없었다. 살려달라고 소리치고 싶었지만, 내가 할 수 있는 건 그 목소리를 계속 듣는 것뿐이었다.

"선생님, 바이탈이 정상적으로 돌아오고 있어요. 그런데 아직 코마 상태예요."

처음 듣는 여자의 목소리였다. 소리는 겨우 들을 수 있을 정도로 미세하게 느껴졌다.

"그래? 한번 동공반사 체크해 보고 불러서 반응하는지 확인해 봐."

이번엔 남자 목소리였다. 이런 식으로 계속해서 들리는 목소리는 점점 커지더니 이젠 누군가 내 눈을 만지고 있다는 것도 느껴졌다. 갑자기 동공을 뚫고 빛이 들어왔다. 눈이 부셨다. 나는 다시 눈을 감기 위해 필사적으로 노력했다. 그러자 점점 모든 감촉이 느껴지기 시작했다. 제일 먼저 손가락의 움직임이 느껴졌고 코로 숨을 쉰다는 것도 느껴졌다.

"눈이 떨리고 있어요. 환자분! 정신이 드세요?"

누군가 나를 흔들기 시작했다. 머리가 어지러웠다. 입에서는 신음이 흘러나왔다. 눈을 뜨자 하얀 천장과 나를 둘러싼 의사와 간호사가 보이기 시작했다.

"오퍼레이션 체크해 봐."

"네 알겠습니다. 환자분 정신이 드시나요?"

간호사가 내 눈 밑에 알코올을 바르면서 물었다.

'지금 여긴 어디지? 그리고 나는 누구지?'

모든 게 당혹스러웠다. 아무 기억도 나질 않았다.

"으… 여기가 어디죠?"

"환자분 오늘 날짜가 어떻게 되죠?"

"2015년… 10월 23일이요…."

나는 점차 돌아오는 기억에 따라 간호사의 질문에 답했다. 그랬다. 오늘은 2015년 10월 23일이었다. 그런데 왜 난 여기 있는 거지?

"2015년이요? 그러면 여긴 어딜까요?"

"병원…?"

"본인의 이름과 깨어나기 전 마지막 기억을 말씀해 보시겠어요?"

"이름은 이현… 마지막 기억은 영화를 보러 가는 중이었어요."

내 말을 들은 간호사는 차트를 들고 기록하기 시작했다.

"선생님, 해리성 기억장애 증상이 보여요. 본인이 누군지는 의식하는데 오늘 날짜를 2년 전으로 기억하고, 마지막 장소를 기억하지 못해요."

"일단 본인 사인 받고, 입원 의사 물어봐. 기억장애는 단기성

일 수 있으니까 좀 더 지켜보자고."

"네 알겠습니다."

알 수 없는 의사와 간호사의 대화가 오갔다. 그러더니 갑자기 간호사는 내게 대뜸 서류를 내밀었다.

"앞으로 몇 달간 치료받으면서 입원을 하겠다는 내용이에요. 사인하시면 되고 치료비는 전액 국비로 지원되니까 걱정 안 하셔도 되고요. 가족들은 없는 거로 나왔고…, 혹시 기억나는 주변 친인척이나 아는 사람 있으세요?"

"아니요. 아는 사람은 없고 가족은 모두 죽었어요."

"그럼 사인부터 하시겠어요?"

주어진 서류를 보았다. 앞으로 병원에서 입원 치료를 받겠다는 내용과 국비 지원을 받았다는 증명 서류였다. 그 옆에는 조그맣게 '수술 요망'이란 글자가 보였다. 나는 서류에 사인을 하며 간호사에게 물었다.

"제가 입원을 해야 하나요?"

"환자분은 지금 안정을 위해서 잠시 입원하시는 거고, 특별한 외상은 없으니 걱정 안 하셔도 될 것 같아요. 잠시 기억상실증 증상이 보이긴 하는데 좀 더 시간이 경과해야 알 것 같아요."

"그런데 수술 요망이란 글자를 봤는데 수술은 왜…?"

"아직은 미정이고, 얼굴에 흉터가 심하셔서 성형외과에서 흉터 제거 수술을 의뢰해 놓긴 했는데, 본인 의사에 따라 취소 가능해요. 더 궁금한 거 있으세요?"

간호사한테서 들은 바로는 지금은 2015년이 아닌 2017년이었다. 기억이 나진 않지만, 나는 한강에서 투신한 뒤 대기해 있던 구조대의 신고로 병원에 입원하게 되었다고 했다. 2주간 혼수상태였다가 오늘 깨어났고, 특별한 외상이 없어 곧 정신병원으로 이송된다는 얘기만 들었다. 그런데 난 아무 기억도 나질 않는다.

'대체 1년간 무슨 일이 일어난 거지?'

답답할 따름이었다. 내 이름 말고는 아무것도 기억나는 게 없었다.

나는 정신을 차릴 새도 없이 약에 취해 다시 곯아떨어졌다.

이튿날 나는 정신병원으로 이송되었다. 면회나 외출이 불가능한 폐쇄병동이었는데 어차피 나는 가족이 없었기에 별로 상관은 없었다. 생각했던 것보다 입원실은 깔끔했다. 2인실의 작은 방에 2개의 침대와 TV 한 개, 식사 시간이 끝나고 30분 뒤 꼬박꼬박 약을 먹는다는 것 빼고는 일반 병원과 다름없었다.

침대에 멍하니 앉아있자 열린 문 사이로 흰 가운을 입은 의사가 들어왔다. 그는 자신을 내 주치의라고 소개하며 예전 정신과 입원 기록에 관해 물었다.

"음… 유년 시절 계속된 아버지의 학대와 얼굴의 흉터가 지금의 트라우마가 되었군요. 지금은 최근 1년간 있었던 모든 일이 기억이 나지 않는 겁니까?"

"네. 제가 왜 죽으려고 했는지조차 기억이 나질 않아요. 지난 1년간의 기억이 통째로 사라졌어요."

다른 의사들과 달리 그는 내 곁으로 다가와 침대 옆에 앉은 뒤 나의 눈높이에 맞춰주었다. 가까이서 보니 흰색으로 염색한 짧은 머리에 포근한 인상이 그를 편안한 사람으로 인식하게끔 하였다.

"꽤 오래전부터 우울증을 앓았겠어요. 직업은 무명의 소설 작가셨다고?"

"몇 권 출간하긴 했지만, 인기가 없어서 팔리지 않았어요. 그래서 1년 전에는 현실에 실증을 느끼고 자살을 하려고도 했어요. 그런데 지금은 왜 그런지 모르겠어요."

나는 눈을 감았다. 애써 기억해내려고 노력했지만, 소용없었다.

"사실 저는 이현 씨에 대해 알고 있습니다."

주치의가 모든 걸 알고 있다는 듯 가볍게 웃었다.

"그게 무슨 소리죠?"

나는 깜짝 놀란 목소리로 물었다.

"우선은 세 달간 약을 먹으면서 치료에 전념하세요. 또다시 그런 생각이 들지 않도록 하는 게 제일이니까요. 참! 의학적 소견으로 말씀드리자면 흉터 치료는 꼭 필요할 것 같아요. 물론 완벽하게 지울 순 없겠지만, 어느 정도 예전의 얼굴로 돌아갈 수 있을 테니 효과가 있을 거예요. 아셨죠?"

"저에 대해 알고 있다는 게 무슨 소리예요? 대답해 주세요."

"치료 잘 받으시면 말씀드릴게요. 우선 흉터 제거 수술 날짜부터 잡아 놓을게요."

주치의는 의문의 말을 남기고 그대로 나가버렸다. 그 후로도 다시 몇 번 입원실로 들어와 얘기하긴 했지만, 치료를 잘 받고 있는지에 대한 질문뿐이었고 의문에 대한 답은 해 주지 않았다.

폐쇄병동의 일과는 이랬다. 오전 5시 50분에 일어나 아침 체조를 한 뒤 밥을 먹었다. 그리고 각자 할당된 약을 먹은 뒤 잘 삼켰는지 검사했다. 치료 목적으로 매일 받는 프로그램도 있었다. 월요일엔 명상과 독서를, 화요일엔 그림 치료를 수요일엔 심리 치료 등 여러 가지가 있었지만, 토요일에 하는 글쓰기 치료가 가장 마음에 들었다.

입원한 지 일주일째 되는 날 성형외과에서 흉터 제거 수술을 받았다. 성형외과 의사의 말로는 수술 말고도 몇 달간 꾸준한 레이저 치료와 연고를 발라주어야 호전된다면서 화요일, 금요일마다 성형외과를 방문하라고 했다. 본래 폐쇄병동은 외출이 금지되어 있었지만, 주치의의 허락 덕분에 간호사들의 동행 하에 치료를 받으러 갈 수 있었다.

하지만 날이 갈수록 지금 나는 왜 여기서 이러고 있는지 이해가 되지 않았다. 강제로 폐쇄 병동에 입원해야 하는 이유와 쓸모없는 흉터 제거 치료를 받고 있는지조차 알 수 없었다. 하지만 할 수 있는 거라곤 주치의의 말을 듣는 것뿐이었다. 생각해보아도 주치의의 말을 들어서 손해 볼 건 없었으니까. 잃어버린 내 기억을 꼭 찾고 싶었다. 입원실은 밤 9시가 되면 자동으로 불이 꺼졌다. TV는 물론이고 모든 전자제품의 전원도 켤 수 없었다. 나는 하는 수 없이 방에 들어가 침대에 누웠다.

나는 그렇게 두 달 동안 이렇다 할 일 없이 똑같은 하루를 보냈다. 아침에는 체조를 한 뒤 밥을 먹었다. 삼십 분 뒤에는 5종류가 넘는 약을 먹었고 간호사가 삼켰는지 확인을 했다. 이런 지겹고 똑같은 일이 두 달간 반복됐다. 처음에는 다른 환자들과 나를 같은 취급하는 게 마음에 들지 않기도 했다. 환청이 들린다며 벽을 때리는 옆 방 학생과 말을 '이이'밖에 할 줄 모르는 이이아저씨, 심지어는 자신을 신이라고 믿는 알코올 중독자까지 모두 같은 중증 환자 취급을 했다.

그래서 처음에 난 그들과 말조차 하지 않았다. 자격지심 때문에 그랬을까? 어떤 환자가 말을 걸어도 무시했다. '나는 너희와는 다르다.'라는 걸 보여주고 싶었다. 그런데 그게 아니었다. 어느 순간 그들과 나는 같은 환자이고, 정신이 아픈 사람과 마음이 아픈 사람의 차이일 뿐이라는 생각이 들었다. 그러자 마음이 열렸다. 치료에 더욱 전념하게 되고, 이제는 이곳에서 나간다는 생각이 아닌 내 문제를 꼭 해결하겠다는 생각까지 들었다.

치료가 한 달이나 남은 어느 날 주치의가 나를 불렀다. 회진을 도는 날 빼고는 볼 수 없던 주치의가 자신의 방으로 날 부른 건 처음이었다. 방으로 들어가자 주치의가 웃는 얼굴로 날 반겼다.

"어서 와요. 할 말이 있어서 불렀습니다."

"방이 참 넓네요."

나는 주위를 둘러보았다. 방안에는 작은 소파와 탁자가 놓여 있었다. 주치의는 의자에서 일어나서 중간에 놓인 소파에 앉았다.

"이현 씨도 이쪽으로 와서 앉으세요."

"무슨 일이죠? 퇴원까지는 한 달이나 남은 거로 알고 있는데."

"이현 씨 기억에 대해서 할 얘기가 있습니다."

"좋아요. 듣고 싶었어요. 제가 왜 이렇게 됐는지…."

"하하, 얘기해 드린다는 뜻은 아닙니다. 오해하지 마세요. 지금처럼 치료를 잘 받으면 한 달 뒤에 알려드릴 거니까요."

"그러면 어떤 얘기죠?"

"혹시 영화 매트릭스의 빨간 약과 파란 약에 대해 아십니까?"

나는 눈을 감았다. 어렴풋이 책에서 읽었던 기억이 떠올랐다.

"어렸을 적 도서관에서 읽었던 기억이 나요. 하지만 자세하게는…."

"대략 이런 내용이었습니다. 영화 속 주인공은 빨간 약을 먹으면 현실을 깨닫게 되고, 파란 약을 먹으면 아무것도 모르는 채 행복하게 살 수 있었죠."

"그런데 그 이야기를 왜 제게 들려주신 거죠?"

주치의는 자신의 책상으로 돌아가 책 한 권을 가져왔다. 『데 크레센도』라는 제목의 책이었다.

"이현 씨는 인기 있는 소설가였습니다."

"네? 제가요?"

"책의 저자를 한 번 보시겠습니까? H라는 가명을 쓴 작가입니다. 이현 씨의 또 다른 이름이죠."

주치의가 가져온 책의 저자는 H라는 사람이었다. 믿기지 않았다. 내가 H라고? 있을 수 없는 일이었다. 나는 이해가 안 된다는 표정으로 주치의를 쳐다봤다.

"저도 처음엔 혹시나 했습니다. 이 책은 이현 씨가 입원했을 당시에 출간된 책이니까요. 그런데 조금 읽어보니까 알겠더라고요. 책 속의 주인공 이름도 이현이었고, 책 속 내용도 지금 이현 씨와 같았어요. 그래서 확신이 들었죠."

"그러면 제가 이 책을 본다면 기억을 되찾을 수 있다는 말씀이세요?"

주치의는 고개를 저었다.

"아니요. 기억을 되찾는 건 아닙니다. 하지만 지난 1년간 이현 씨의 기억이 고스란히 적혀 있는 책이죠."

"한 달 뒤에 이 책을 보여준다는 말씀이시군요."

"네. 원래는 퇴원과 함께 선물로 드리려고 했습니다. 그런데 문제가 생겼어요. 이현 씨의 정신과 주치의로서의 문제가."

그는 자리에서 일어나더니 창문을 열고 뒤돌아섰다. 아무래도 그 문제라는 게 마주 보고 웃으면서 할 수 있는 이야기는 아닌 것 같았다. 그는 잠시 생각에 잠기더니 이내 입을 열었다.

"방금 말씀드렸다시피 그 책에는 이현 씨의 모든 기억이 들어있습니다. 하지만 오랫동안 고민해본 제 소견으로는 차라리 기억을 찾지 않는 게 좋을 수도 있다는 생각이 듭니다. 그 기억들이 어찌 됐건 이현 씨를 극단적인 선택을 하게 만든 원인이니까요."

"기억을 찾지 않는 게 낫다니 그게 무슨 소리예요? 대체 어떤 기억이길래…."

"쉽게 말해서 그 책을 보는 것은 빨간 약을 선택하는 것이고, 다시는 그 책을 보지 않고 살아가는 게 파란 약을 선택하는 일이 될 겁니다."

내가 기억을 찾는 게 나를 해치는 일이라니, 충격이었다. 나는 잠깐 할 말을 잃고 생각에 빠졌다.

"좋지 않은 기억이었나 봐요. 모르는 채 살아가는 게 나을 정도의 기억이라…. 선생님께서는 제게 선택권을 주신 건가요?"

"꼭 나쁜 기억이라고 할 수는 없습니다. 하지만 떠올리기 싫은 아픈 기억이겠죠. 지금의 이현 씨는 예전과는 달라요. 상태도 많이 좋아졌고 이제 징그러운 흉터는 없으니까요. 충분히 새 삶을 살아갈 수 있어요."

"선생님께서는 다 잊고 새 출발을 하라는 뜻이신가요? 꼭 제게 그 책을 보지 말라고 하는 것처럼 들려요."

"제가 이런 말씀을 드리지 않았다면 이현 씨도 언젠간 어떤 방식으로든 이 책을 보았겠죠. 하지만 저는 다 잊고 새로운 삶을 살아도 좋을 것 같다는 말을 하는 겁니다. 주치의로서의 소견이 아닌 당신의 팬으로서. 물론 선택은 이현 씨 본인에게 달려있습니다."

"한 가지만 더 물어봐도 괜찮을까요?"

"그럼요. 얼마든지."

"그 기억들이 아픈 기억이라면 제가 노력한다고 해도 바꿀 수 없는 기억인가요?"

"음… 그건 정확한 답을 드리기가 어렵군요."

"혹시 금전적인 문제였나요?"

"그것도 아닙니다."

"제가 누군가를 사랑했나요? 그것도 죽을 만큼 좋아할 정도로?"

"…."

주치의는 아무 말도 없었다. 멍하니 하늘을 바라볼 뿐이었다.

"신기하네요. 이런 제가 사랑을 했었다니. 상상이 안 가요. 분명 안 좋게 끝났을 테고, 저는 이런 극단적인 선택을 하게 된 것이겠죠."

"너무 섣부르게 단정 짓지는 마세요. 저는 단지 어떻게 하면 이현 씨가 더 나은 삶을 살아가게 될지 고민했던 것뿐이니까요."

"제가 정말 많이 좋아했나 봐요. 어떤 사람이었을까요? 같은 소설가였을까요? 그 당시의 제가 만날 사람은 없었는데 어떻게 만났을까요? 정말… 모르고 있는 게 나을까요?"

"누군가를 그리워한다는 건 참 아프고 힘든 일입니다. 우리 병원에도 그런 일 때문에 오신 환자들도 많죠. 차라리 잊고 싶다는 사람들도 있어요. 하지만 이현 씨는 의지와는 다르게 잊어버렸죠. 어쩌면 무의식에서 강하게 원하고 있었을지도 모르겠습니다. 그 사람을 잊고 싶다고 말이에요."

"그러니까 차라리 그리워할 수 없도록 모른 채 살아가라는 말씀이시군요. 그런데… 매트릭스의 주인공은 어떤 약을 먹었죠?"

"빨간 약을 먹었어요."

"그렇군요. 남은 한 달 동안 잘 생각해 볼게요. 다시 그 사람을 그리워할지 아니면 그리워할 수 없을지…."

나는 고개를 숙였다. 머릿속이 복잡해졌다.

"만약 파란 약을 선택하시겠다면 퇴원 후에 어떻게 살아갈지 계획을 미리 생각해 놓으세요. 계획 없는 삶은 다시 예전처럼 돌아갈 뿐이니까요."

"아니요. 어떤 약을 먹든 제 계획은 한 가지예요. 1년 전 썼던 버킷리스트를 다시 시작하는 거."

• • •

2017년 6월 30일 이현

예상대로 퇴원은 순조롭게 진행되었다. 고맙게도 병원 측에서는 퇴원 절차를 준비하며 내게 많은 도움을 주었다. 덕분에 내 명의로 된 계좌와 계약돼 있던 출판사를 찾을 수 있었다. 살펴본 계좌에는 믿을 수 없는 금액이 들어 있었다. 숫자 0이 얼마나 많은지 눈으로 셀 수 없을 정도였다.

나는 결국 내가 쓴 책을 보지 않기로 했다. 그리움에 못 이겨 다시 극단적인 선택을 할까 봐 그런 건 아니었다. 그저 날 잊은 채 잘살고 있는 이름 모를 내 첫사랑에게 피해가 갈까 봐 두려웠다. 내가 알던 예전의 나는 절대 겁쟁이가 아니었다. 아무것도 아닌 호르몬의 장난인 감정에 휘둘려 목숨을 포기할 정도로 바보가 아니었다. 그래서 당시 내가 한강에 뛰어내리며 극단적인 선택을 한 데에는 분명히 이유가 있을 것으로 생각했다. 그렇기에 과거를 되돌아보지 않는 편이 좀 더 나을 것 같았다. 그게 선택의 이유였다.

익숙한 거리들을 지나 오랜만에 집으로 가는 길에는 온통 추억으로 가득 차 있었다. 고개를 들어 하늘을 보았다. 더 이상 까맣지 않았다. 아주 푸른색으로 맑게 빛나고 있었다.

"이번에도 봄이 없구나."

나는 혼자서 속삭였다. 지금까지 내겐 봄이 없었다. 아니, 봄을 느껴본 적이 없다고 해야 했다. 이번 연도도 마찬가지였다. 병원에 입원해 있느라 봄을 느낄 새가 없었다. 봄 노래를 들으며 걷는다는 건 내게 사치일까? 조금 쓸쓸해졌다.

집으로 가는 길에 자주 가던 카페가 보였다. 소담한 솔체꽃 핀 창가 자리가 아늑했던 '디미누엔도'라는 이름의 카페였다. 아직도 내 기억 속에는 뚜렷하게 남아 있었다. 영화관 앞 공원

벤치라든지, 자주 가던 카페나 익숙한 하얀 집 같은 기억들이. 그런데 누구와 갔는지 전혀 기억나지 않는다. 분명한 건 혼자는 아니었다.

이튿날 나는 말끔한 차림으로 집을 나섰다. 이제 어두웠던 과거는 잊기로 했다. 마음과 얼굴에 흉터가 가득했던 지난날의 괴물은 죽었다. 가난에 찌들어 바퀴벌레와 같은 삶을 살던 그 이현도 죽었다. 이제는 새로 시작할 차례였다.

나는 약 2년 전에 결심했던 첫 번째 버킷리스트를 실행에 옮기기 위해 집을 나섰다.

Episode 10.

그리워할 수 없는

2017년 6월 10일 오혜린

현이가 세상을 떠난 후 나의 하루는 눈물로 시작해서 눈물로 끝이 났다. 길을 걷다 들리는 슬픈 노래 가사마저 부럽게 느껴졌고, 밥을 먹어도, 옷을 입어도 심지어는 화장을 해도 눈물이 났다.

그런 와중에도 단편 영화를 찍는 것은 포기할 수 없었다. 현이가 내게 남겨준 마지막 선물이라고 생각하고 이를 악물며 끝까지 완성했다.

내가 촬영을 마무리한 건 한 달 전의 일이었다. 지난 반년 동안 쉬지 않고 촬영했다. 서른여섯 번의 촬영과 두 번의 수정. 1시간짜리의 단편 영화치고는 상당한 규모였다. 이게 모두 현이가 남겨준 시나리오 덕분이었다.

제목은 『디미누엔도』로 정했다. 두 번의 수정 끝에 『데크레센도』의 내용을 담았지만, 제목은 우리의 추억이 담겨있는 카페 이름이 좋을 것 같았다. 나는 마지막 편집을 완성하고 이메일로 영화제에 출품했다. 며칠 후 영화제에서 당선됐다는 메일이 도착했다. 그런데 마냥 기쁘지만은 않았다.

몇 달 전 연희는 집 열쇠를 나에게 주었다. 현이가 떠났다는 소식을 듣자 내가 걱정됐는지 다시 같이 살자고 말했다.

"우리 집에 얼마든지 머물러도 돼. 거절한다면 다시는 네 얼굴을 안 볼 거야."

하지만 연희와 같이 산다고 해서 지금 내 상황이 달라지는 건 아니었다. 여전히 슬펐고, 괴로웠다.

내 영화 『디미누엔도』는 7월 초에 개봉하기로 했다. 앞으로 20일. 무엇을 하든 시간이 넉넉했다. 나는 슬픔에 잠긴 채 현이와의 추억을 되돌아보는 시간을 갖기로 했다.

제일 먼저 디미누엔도 카페로 찾아갔다. 늘 그랬듯이 따뜻한 핫초코를 주문했다. 현이를 처음 만났을 때 왔던 곳. 우리의 추억이 시작된 곳. 아직도 이곳은 공기마저 아련하게 느껴졌다. 밖으로 나와 역까지 걸었다. 첫눈 오던 날 한 시간 가까이 헤매던 그 골목이 보였다. 이 장소, 이 시간은 우리가 처음으로 가까워지게 된 계기였다. 날씨는 무척 따뜻했는데 마음속에서는 눈이 내렸다. 포근했다. 어렴풋이 현이의 목소리가 들리는 것만 같았다. 순간 가슴이 미어지며 참았던 눈물이 흘러내리고 말았다.

"다시 너를 볼 수만 있다면 얼마나 좋을까…."

바보처럼 혼자 속삭인다. 양손에 얼굴을 묻고 한참을 울었다. 아직도 슬픔이 당연하게만 느껴졌다. 이번엔 소리를 내서 울었다. 아니 오열하기 시작했다. 다리에 힘이 풀리자 그냥 주저앉아버렸다. 새까만 눈물이 팔목과 손등에 가득 흘러내린다. 온몸이 축축했다. 운명이란 말이 한없이 얄밉게 느껴졌다.

* * *

2017년 7월 1일 오혜린

아직 시간이 되지도 않았는데, 상영관은 어느새 사람들로 북적였다. 단편 영화제임에도 불구하고 330석의 상영관은 빈 자리 하나 없이 가득 차 있었다. 감독과 배우들을 위해 첫째 줄은 비어 있었고, 둘째 줄에는 신문사에서 나온 기자들이 카메라를 들고 나를 찍고 있었다. 시간이 다가오자 사회자는 고운 목소리로 나를 불렀다.

"혜린 씨, 조금 있으면 시작해요. 준비됐죠?"

나는 핸드폰을 꺼내 시간을 확인한다. 2시 15분. 아직 15분 정도가 남아 있었다.

"인터뷰 오래 걸릴까요? 빨리 끝났으면 좋겠어요. 너무 떨리고 부담스러워요."

"걱정하지 마세요. 그리 길지는 않을 거예요. 영화가 끝난 뒤 기자들 질문 몇 개랑 관객과 몇 마디 주고받으면 돼요. 기쁘지 않아요? 단편 영화가 이렇게 인기 많은 건 오혜린 감독이 처음이에요."

사회자는 내 마음을 모르는 듯 나를 달래며 등을 토닥인다. 갑작스럽게 속이 매스꺼웠다. 사람들이 많아서가 아니었다. 기자들이 터트리는 카메라 플래시 세례 때문도 아니었다. 내 연출력 때문에 현이의 작품을 깎아내리지는 않았을까 걱정됐다. 우리가 만들었던 추억이 엉망이 되어버릴지도 모른다는 생각에 덜컥 겁부터 났다. 잠시 후 시간이 되자 상영관의 불이 꺼졌다. 수군거리던 사람들의 소리가 멈추고 정적이 흐른다. 영화는 현이와 내가 영화관에서 처음 만나는 장면으로 시작됐다.

"머리가 너무 어지러워요."

나는 이마를 부여잡으며 사회자에게 고통을 호소했다. 영화가 시작한 지 3분도 되지 않아서 나는 부축을 받으며 밖으로 나왔다.

"괜찮으세요? 아직 영화가 끝나려면 시간이 남았으니 병원에 다녀오시겠어요?”

“아니요. 잠시 쉬면 괜찮아질 거예요. 사회자님은 먼저 들어가 계세요. 괜찮아요.”

“네, 괜찮아지면 다시 들어오세요.”

내가 왜 이러는지는 모르겠다. 그토록 기다리던 내 영화였는데 계속 속이 매스껍고 어지러웠다.

‘이제 정말 끝이구나.’

마지막이란 생각이 들었다. 예전 어느 뉴스 기사에서 사람은 목표를 달성하면 성취감보단 허무함을 먼저 느낀다는 내용을 본 적이 있다. 지금 내가 그런 걸까? 꿈을 이뤘다는 성취감보다는 이젠 더 이상 슬픔을 잊은 채 몰두할 방법을 잃어버린 것 같았다.

벽에 등을 기대고 한참 동안 생각에 잠겼다. 이 영화가 끝나면 나는 어떤 평가를 받게 될까? 박수를 받을까? 아니라면 야유와 비난을 받게 될까. 내가 이렇게 걱정하는 건 그만한 이유가 있었다. 사실 영화의 엔딩에 어떤 장면을 넣어야 할지 많은 고민을 했다. 현이가 세상을 떠나고 갑자기 끝난다거나 그 소식을 들은 내가 다시 사람들의 얼굴이 보이지 않게 되면서 막이 내린다면 사람들은 어설픈 결말에 나를 미워할지도 모른다는 생각이 들었다. 하지만 이 영화는 허구가 아니었다. 나와 현이의 이야기를, 추억을 내 멋대로 꾸며 거짓말처럼 엔딩을 만들 순 없었다. 그래서 나온 결과가 행복했던 순간들을 묶어서 마지막에 보여주는 것이었다. 결국 현이는 떠났지만, 그때만큼은 우리도 행복했고 아름다웠다고 말하고 싶었다. 그래야 관객들도 수긍을 할 테고, 나도 만족할 거니까. 그런데 문득 오늘 아침 이런 생각이 들었다. '정말 현이는 그때 행복했을까?'라는 질문이 갑자기 튀어나와 내 머릿속을 온통 헤집어 놓았다. 속이 매스껍고 어지러웠다. 나는 마지막까지 현이를 이해하지 않았다.

"만약 네가 살아있었다면, 널 이해 못 하는 나를 이해했을까?"

벽에 대고 아무도 들리지 않게끔 속삭였다. 그런데 불쑥 다른 목소리가 들려온다.

"헉, 실례지만 제가 좀 늦어서 그런데 디미누엔도라는 영화 상영관이 여기 맞나요?"

갈색 코트를 입은 남자가 헐떡였다. 나는 고개를 끄덕였다.

"감사합니다."

남자는 인사를 한 뒤 다급하게 상영관으로 뛰어들어갔다. 이젠 내 차례였다.

'더는 피할 수 없어.'

어차피 피할 수 없다는 생각이 든 나는 이마를 부여잡고 다시 꽉 막힌 어둠 같은 상영관으로 들어갔다. 차마 화면은 볼 수 없었다. 통로에 기댄 채 들려오는 배우들의 목소리에만 전념했다. 대사를 곱씹을수록 예전의 기억들이 떠올랐다. 금방에라도 눈물이 쏟아져 내릴 것 같았다. 하지만 참아야 했다. 한참을 그렇게 참다 보니 이미 영화는 끝나 있었다.

엔딩이 올라간 후 들려오는 건 박수 소리와 환호성이 아닌 적막뿐이었다. 어느 정도 예상하긴 했었다. 영화 중간에 그냥 나가버린 사람들이 있었으니까.

"하나, 둘."

사회자가 마이크 테스트를 하기 시작했다. 이제 곧 나를 부를 차례였다. 간단한 인터뷰가 아닌 내겐 지옥 같은 시간이 될 것이다. 손거울을 들고 화장을 고친다. 하지만 이미 흘러내린 슬픔은 가릴 수 없었다.

"영화 재밌게 보셨나요? 그러면 이제 영화를 제작하신 감독님을 모셔 볼 차례인데요. 박수와 함께 모시겠습니다. 감독님 나와 주세요."

듬성듬성 들리는 박수 소리. 마치 날 반기지 않는 것 같았다. 상영관의 큰 화면 앞에 서자 앉아있는 삼백 명의 사람들이 보였다. 수많은 인파 앞에 내가 작아지는 기분이 든다. 자세히 보니 아까보다 빈자리가 늘었다. 실망하고 중간에 나간 사람들이겠지.

"먼저 감독님의 간단한 인사말이 있겠습니다. 질문은 그 후에 받도록 할게요."

사회자가 두 개의 마이크 중 하나를 내게 건넨다. 나는 떨리는 손을 감춘 채 어색한 미소를 지으며 받아든다.

"아, 아 안녕하세요. 『디미누엔도』를 감독한 오혜린입니다. 먼저 이렇게 영화를 보러 와 주셔서 감사하다는 말씀을 드리고 싶습니다. 다만 제가 소설가 H의 작품에 잘못을 하지 않았을까 걱정이 됩니다. 부디 그렇지 않았기를 바랍니다."

"다 하신 거예요?"

사회자가 나만 들을 수 있게 작은 목소리로 물었다. 나는 고개를 끄덕인다.

"그럼 이제 관객 분 중에서 세 명을 뽑아서 영화에 대한 궁금증을 질문하는 시간을 갖도록 하겠습니다. 손을 들어 주시면 마이크를 전달해 드리겠습니다."

손을 든 사람이 몇 명이나 있을까? 용기를 내서 고개를 들었다. 하나, 둘, 셋, 넷…. 어림잡아 보아도 스무 명 정도가 손을 들었다. 사회자는 내게 어떤 사람을 뽑을지 고르라고 했다. 나는 아무나 괜찮다고 대답한다. 첫 번째 기회는 맨 뒷줄에 앉은 긴 머리의 여자에게 돌아갔다. 그녀는 전달된 마이크를 받아들더니 바로 입을 열었다.

"안녕하세요. 우선 감독님 영화는 잘 봤습니다. 저는 영화를 보면서 좀 더 극적인 요소를 넣거나 재미있는 장면들을 넣어서 보는 이로 하여금 영화에 더 집중할 수 있게 했으면 어땠겠냐는 생각이 들었어요. 솔직히 지루한 건 사실이었으니까요. 소설가 H의 팬으로서 책에서 느꼈던 감정들이 영화에선 느껴지지 않았어요. 감독님께서는 본 의도에 맞게 영화를 제작하셨다고 생각하시나요?"

"네, 질문 감사합니다. 의도에 맞게 영화를 제작하신 게 맞는 건지 물어보신 거죠? 사실 저도 잘 모르겠어요. 이 영화를 제가 끝까지 만들 수 있을지 고민을 많이 했거든요. 중간에 안 좋은 일들도 많았고…, 제가 직접 겪은 실화다 보니 어쩔 수 없는 것들이 많았어요. 제가 답변을 잘 해드리지 못해서 죄송해요."

예상했던 질문임에도 다리가 휘청거렸다. 뇌를 조이듯 통증이 다시 찾아왔다. 내가 마이크를 내려놓자 사회자는 다음 관객을 찾기 시작했다.

"그럼 다시 다음 분 손들어 주세요. 네, 중간에 앉으신 주황색 옷을 입은 남성 분 일어나 주세요."

나는 병원에서 주사 맞기를 기다리는 아이처럼 벌벌 떨면서 그의 입 모양에 집중했다. 식은땀은 계속 흘러내렸다.

"음, 소설에 비해 많이 빈약하다는 느낌이 들었습니다. 결말도 형편없었고요. 억지스럽게 행복을 강요하기보다는 있는 그대로의 자연스러운 모습이 더 좋지 않겠느냐는 생각이 들었습니다. 감독님께서는 결말에 대해 어떻게 생각하시나요?"

"…"

꿀 먹은 벙어리처럼 나는 한동안 말을 잇지 못했다. 나를 바라보는 수백 명의 시선과 압박, 그리고 끝을 모르는 비평이 내 목을 옥죄었다. 수전증 환자처럼 손이 벌벌 떨리기 시작했다.

"괜찮으세요? 인터뷰 그만할까요?"

사회자가 내게 물었다.

나는 대답 없이 마이크를 고쳐 잡았다. 관객들은 그 와중에도 하나, 둘씩 밖으로 나가고 있었다.

"그러고… 싶었어요."

내가 무심결에 툭 내뱉은 한 마디. 다음 말을 이을 새도 없이 눈물은 폭포처럼 흘러내렸다. 순식간에 상영관은 관객들의 소음으로 소란스러워졌다. 사회자는 내게 이제 인터뷰를 중단하자고 말했다. 나는 고개를 끄덕였다.

"죄송합니다. 감독님의 개인 사정으로 인해 인터뷰는 이만 마치도록 하겠습니다."

그만 다리에 힘이 풀린 나는 경호원의 부축을 받으며 나갔다. 어떤 관객들은 내가 나가는 도중에도 욕설을 퍼부으며 야유를 보냈다.

'그래. 이럴 줄 알았어. 현이의 책을 보고 온 사람들인데…, 잔뜩 실망했을 거야. 내가 다 망쳐버렸어….'

상영관의 문이 열리고 발을 내딛는 순간까지도 나는 눈물을 흘리며 자책했다. 영화와 현실은 달랐다. 배경음악으로 슬픈 멜로디가 흘러나오지 않았다. 같이 울어주는 사람도 없었다. 지금 이 순간에는 모든 걸 놓아버리고 싶었다.

"막아!"

등 뒤에서 소리 지르는 경호원의 목소리가 들렸다. 그리고 연신 "감독님 잠깐만요."를 외쳐대며 나를 부르는 남자의 목소리도 들렸다. 뒤를 돌아보자 아까 본 갈색 코트를 입은 남자가 경호원들에게 둘러싸인 채 저지당하고 있었다.

"신경 쓰지 마세요. 우선은 안정을 취하시는 게 급선무예요."

사회자가 단호한 목소리로 나를 보며 말했다.

"그래도…."

"안 됩니다."

옆에서 경호원이 거들었다. 나는 어쩔 수 없이 부축을 받으며 대기실을 향해 끌려갔다. 그런데 갑자기 '웅-' 하며 울리는 소리와 함께 상영관에서 마이크 소리가 흘러나왔다.

"잠깐만요. 감독님 잠깐만, 이거 봐요!"

아까 그 남자의 목소리였다. 사회자는 경호원에게 알 수 없는 눈빛을 보냈다. 그러자 경호원은 상영관 쪽으로 달려갔다. 그 남자가 무대를 장악한 채 마이크를 들고 소란을 피운다는 것 같았다.

"주인공 오혜린은… 아니, 감독님은 지금 행복하신가요?"

스피커에서 음량을 최대로 올린 마이크 소리가 들렸다. 뒤를 돌아보지 않아도 알 수 있었다. 분명 갈색 코트를 입은 남자의 목소리였다. 나는 다급히 사회자에게 진심 어린 눈빛을 보냈다.

"저 이제 괜찮아졌어요. 나머지 질문 받고 갈게요."

"정말 괜찮겠어요?"

"네, 다시 상영관으로 데려다 주세요."

눈물이 어느 정도 말랐다. 다시 새어 나오지도 않았다. 저 남자의 목소리를 듣는 순간 왠지 모르게 다시 상영관으로 돌아가야 한다는 생각이 들었다. 그리고 질문을 듣는 순간 답변을 해야겠다는 확신이 들었다.

경호원들을 뚫고 다시 상영관으로 들어서자 이미 관객석은 반쯤 비어 있었다. 조금 전 내가 앉아 있던 무대에는 갈색 코트를 입은 남자가 경호원에게 둘러싸인 채 마이크를 들고 나를 쳐다본다. 순간 그와 눈이 마주쳤다.

"혜린 씨…."

내 이름을 부르는 익숙한 목소리. 왠지 모르게 낯설지 않다. 그런데 갑자기 온몸에 소름이 돋기 시작했다.

“영화를 보면서 다시 기억이 났어요. 혜린 씨…. 대체 우리 사이에 무슨 일이 있었던 거죠?”

“누구신데 제 이름을…?”

“저예요. 이현.”

그의 목소리를 타고 마이크에 담긴 ‘이현’이라는 이름이 상영관 전체에 울려 퍼졌다. 순간 나는 정신이 아득해지며 넋이 나갔다. 상영관을 빠져나가던 관객들의 시선도 집중됐다. 깊은 충격을 받았지만, 그 말을 믿을 수는 없었다.

“거짓말! H는 얼굴에 흉터가 있는데 당신은 아니잖아!”

관객으로 보이는 사람이 그 남자에게 삿대질하며 소리쳤다. 나도 그 관객의 의견에 수긍했다. 얼굴에 흉터도 없고, 현이는 이미 죽고 없었다. 저 남자는 거짓말을 하고 있음이 분명했다. 그러자 그 남자가 입을 열었다.

“그래요, 저라도 믿을 수 없었을 거예요. 지금부터 얘기해 드릴게요.”

그의 한 마디에 상영관에 있던 모든 사람들의 눈과 귀가 그에게 집중됐다.

“기억이 잘 나진 않지만, 당신이 찾아왔던 그 날 저는 극단적인 선택을 하고 말았어요. 한강에 뛰어들었죠. 운이 좋게도 빨리 구조되어서 목숨을 건질 순 있었어요. 하지만 일주일이 넘게 지나서야 눈을 떴어요. 지난 일 년간의 기억을 잃은 채로."

"거짓말…."

"혜린 씨, 저는 한 번도 죽은 적이 없어요. 저는 그 이후 병원에서 입원치료를 받으며 안정을 찾아갔죠. 흉터는 그때 치료한 거예요. 몇 달간 성실하게 치료를 받으면 기억을 떠올리게 해준다는 의사의 말에 저는 치료에만 전념했어요."

어느새 주위 사람들은 우리를 둘러싼 채 핸드폰을 들고 동영상을 찍고 있었다. 그의 말이 끝날 때마다 웅성거리는 소리가 점점 늘어났다.

"하지만 저는 기억을 되찾는 걸 원치 않았죠. 다시 기억을 되찾고 행복하게 잘살고 있을 당신을 떠올리기 싫었어요. 그리고 마지막에 퇴원하면서 의사에게 영화 표 한 장을 선물 받았죠. 제목은 '디미누엔도' 바로 이 영화였어요. 그런데 영화를 보면서 자꾸 눈물이 나는 거예요. 한 번도 가 본 적 없는 장소들이 생각나고, 당신의 이름이 머릿속에 아른거렸어요. 그러다가 떠올랐어요. 당신을 처음 만났던 날, 카페에서 음료를 마시며 이야기했던 그 날이."

"더는 못 듣겠어요."

나도 모르게 손이 떨려왔다. 누군가 장난을 치는 게 아닐까? 그렇다면 당장 그만둬 달라고 소리쳤어야 했다. 그런데 그럴 수 없었다. 이 남자의 목소리가 너무 익숙해서, 다시는 놓치기 싫어서.

"사실이에요. 그런데 그 날 말고는 아무 기억도 나질 않아요. 당신의 이름, 우리가 처음 만났던 장소 모든 게 다 기억이 나는데…, 당신의 얼굴, 눈, 코, 입 다 오늘 처음 본 사람처럼 어색하게만 느껴져요. 이젠 당신이 대답해 주세요. 영화 속 주인공은, 아니 오혜린 씨 당신은 내가 떠난 후 행복했나요?"

나는 고개를 저었다. 신기하게도 이 상황에서 눈물은 흐르지 않았다. 믿기지 않는 상황이라 그런지 실감 나지 않았다.

"그렇다면 당신은 저를 단 한 번이라도 사랑했었나요? 제가 돌아오기를 바랐나요? 그것도 아니라면 단 한 순간이라도 제가 떠난 걸 후회한 적이 있나요? 대답해요! 나한테!"

그 남자가 울며 부르짖었다. 나는 정신이 반쯤 나간 채 그 남자를 향해 걸어갔다. 그리고 손으로 얼굴을 어루만졌다. 그러자 태어나서 처음 느껴보는 감정이 나를 짓누르며 무너뜨렸다. 억눌린 가슴이 터질 것만 같았다. 갑자기 그의 눈이 보였다. 가면 사이로 보았던 호수같이 맑은 눈. 그러더니 입과 코도 보이기 시작한다.

옆에 있는 사람들의 얼굴은 전혀 보이지 않았는데, 거짓말처럼 현이의 얼굴은 또렷하게 보였다. 나는 현이의 얼굴을 붙잡고 계속 뚫어지게 쳐다보았다. 흐르는 눈물이 지금 보이는 얼굴을 가릴까 봐 눈물마저 참아야 했다.

"그리웠어…. 너무나 많이. 바보같이 널 밀어낸 나 자신이 너무 미워서, 네가 떠난 후 미치도록 그리워서, 정말… 죽을 것만 같아서 머릿속으로 몇백 번이고 널 떠올리려고 노력했는데…, 얼굴이 전혀 생각이 나지 않았어. 네 얼굴도 제대로 못 본 채 떠나보낸 게 너무 무섭고 그리워서, 아니 그리워할 수조차 없는 나 자신에 나도 모든 걸 포기하려고 했어. 그런데 이제 다시 네가 보여. 정말로… 보여."

"그땐… 왜 그랬어요. 나는 당신이 떠날까 봐 단 한 순간도 제대로 마음을 표현하지 못했어요. 내가 좋아하는 사람, 내가 사랑하는 사람을 바라만 보는 게 얼마나 비참한지 알아요? 나는 그 사람을 사랑하는데! 그 사람은 나를 사랑하지 않는다는 사실을 인정해야 돼요. 불 꺼진 캄캄한 방 안에 혼자 남겨져 당신을 포기할 수 있는 용기를 달라고 기도하고, 당신에게 사랑하는 사람이 생겼다는 진실을 마주하는 것이 얼마나 두려운지, 얼마나 괴로운지 당신은 알아요? 대체… 그땐 왜 그랬어요. 이제 나는 더 이상 당신을 사랑하지 않아요."

현이가 차가운 표정으로 뒤돌아 걸어간다. 한 걸음씩 내게서 멀어진다. 슬로비디오처럼 주변 사람들의 이야기가 흐릿하게 들린다. 동영상을 찍고 삿대질하던 사람들의 행동이 느려진다. 그런데 유독 현이의 발걸음은 빨라 보인다. 점점 멀어지다가 이제는 결국 뒷모습마저 보이지 않는다. 지금 5분 동안 내게 무슨 일이 일어난 건지, 혹시 꿈은 아닌 건지 볼을 꼬집어보았다. 여전히 아픈 게 꿈은 아닌 모양이었다.

나는 다리에 힘이 풀린 채 바닥에 쓰러졌다. 부드러운 카펫으로 된 상영관의 바닥이 순식간에 축축해진다. 저 멀리서 경호원들이 내게 뛰어온다.

"가지 마!"

아무리 소리쳐 보아도 사라진 현이의 모습은 다시 볼 수 없었다. 옆에서 수군거리던 사람들도 떠나가기 시작했다. 현이가 나간 곳을 한참 멍하니 바라보다, 문득 생각이 떠오른다. 그래, 지금껏 모두가 나를 떠났지. 가족부터 시작해서 친구, 사랑하는 사람까지 다 떠났어.

나는 손에 얼굴을 묻는다. 이제 흐를 눈물도 남아 있지 않았다. 설령 눈물이 남아 있다 해도 울 용기조차 나지 않았다. '네가 뭘 잘했다고 울어?'라는 비아냥거림이 환청처럼 내 귀를 계속 맴돌 것만 같았다.

사회자가 내게 다가온다. 나는 이제 다 끝났다고 머리를 가로 젓지만, 사회자는 나를 끌어안는다.

"지금 뭐하고 있어요? 정말 다 끝났다고 생각해요?"

사회자가 내게 말하고 나는 힘없이 고개를 끄덕인다.

"다 망쳤어요. 영화도 사랑도 내 인생도, 차라리 이게 꿈이었으면 좋겠어요."

"만약 그를 다시 잡을 수만 있다면 뭐든 할 수 있어요?"

장난같이 들리는 사회자의 말에 나는 입술을 꽉 깨문다.

"네…."

내 말을 들은 사회자가 코웃음을 친다.

"그런데 왜 보고만 있어요? 악마에게 영혼이라도 팔겠다면서, 그가 떠나가는 건 왜 보고만 있어요?"

"…."

"아직 울 기운이 남아 있으면 당장 달려가서 그를 잡아요. 그리고 영화의 결말을 바꿔 봐요. 나 같으면 절대 포기 안 해요."

뒤통수가 망치로 세게 얻어맞은 것처럼 얼얼했다. 모든 게 끝난 것만 같았는데, 떠난 줄만 알았는데 아직 아니었다. 현이가 죽기 전에 아니, 기억을 잃기 전에도 그랬다. 잡을 수 있었는데 나는 스스로 고개를 저으며 포기했다. 사회자의 말을 엿들은 관객들이 나를 향해 외치는 소리가 들린다.

"아직 멀리 못 갔을 거예요! 가서 잡아요."

"아직 엘리베이터를 기다리고 있대요!"

누군가는 빨리 자기를 따라오라며 손짓했다. 나는 아직 얼굴에 흐르던 눈물조차 마르지 않았지만, 머릿속에선 단 한 생각만 맴돌았다.

'이번에도 보고만 있을 수는 없어!'

엘리베이터라면 아직 현이를 잡을 수 있는 거리였다. 나는 천천히 몸을 일으켰다. 그리고 한 걸음씩 엘리베이터를 향해 걸었다. 그런데 현이에게 다가갈수록 걱정은 커져만 갔다. 지금의 현이는 내가 알고 있던 현이가 아니다. 지난 기억들을 모두 잃어버리고 나를 미워하고 있다. 그래도 나는 현이를 미워할 수 없었다. 나는 그를 만나지 못했다면, 우리가 처음 만난 날 현이가 날 잡지 않았다면 어둠뿐인 세상에서 아직도 허우적대며 제자리걸음만 하고 있었을 테니까. 한 번 진 꽃잎은 다시 피지 않을 거라고 믿었을 테니까.

관객들의 도움으로 상영관을 빠져나오자 예상치 못한 빛에 눈이 부셨다. 그런데 그 빛 사이로 보이는 단 한 사람이 있었다. 다행히도 아직 현이는 멀리 가지 않았다. 나는 달려가 뒤돌아 있는 현이를 꽉 껴안으며 말했다.

"가지 말아요."

현이는 내 팔을 뿌리치려 했다. 나는 그럴 때마다 힘을 주고 더욱 꽉 안았다. 현이를 꽉 안은 내 팔에 목소리의 떨림이 느껴졌다.

"저는 이제 당신이 그립지 않다고 했잖아요. 당신을 사랑하지 않아요."

현이의 무뚝뚝한 목소리를 다시 듣자 눈물이 흐를 것만 같았다. 냉정하고 차가운 목소리에 정말 기억을 잃은 거냐고 물을 필요가 없었다. 이미 현이는 나를 잊은 것만 같았다.

"날 사랑하지 말아요."

내가 울먹거리며 말했다. 지금 듣는 사람들 모두에겐 이해할 수 없는 미친 소리 같겠지만, 지금 내가 할 수 있는 건 이것뿐이었다.

"난 당신이 생각하는 것만큼 좋은 여자가 아니에요. 지난날의 상처 때문에 다가올수록 밀어내려고 할 거예요."

"지금 뭐 하자는 거예요…?"

현이는 나를 떼놓는 걸 포기한 채 담담한 목소리로 내게 묻는다. 나는 대답하지 않고 계속 말을 이었다.

"난 가족도, 친구도 없어요. 모두 떠나가 버렸어요."

나는 현이를 더 세게 끌어안았다. 아무 대답이 없었지만, 나는 멈출 수 없었다.

"이제 네가 얘기할 차례잖아. 괜찮다고, 날 보고 처음으로 웃어준 사람이 나라고, 떠나지 않겠다고, 그래야 하잖아…."

현이가 나를 돌려세운다. 그러더니 내 눈을 빤히 바라보며 말한다.

"소용없어요. 지금의 전 아무것도 기억나지 않아요. 혹시 당신이었을지도 모르는 사람에게 받은 상처 빼고는. 그러니까, 그만 해요."

내 말을 들은 현이는 별다른 고민도 안 한 채 차가운 말을 내뱉었다. 순식간에 머릿속으로 현이와 나눈 모든 추억이 주마등처럼 스치기 시작했다. 곧이어 머리가 멍해졌고, 나는 다리에 힘이 풀린 채 그대로 정신이 나가버렸다. 너는 정말… 다 잊었구나.

에필로그 #1

2017년 7월 14일 이현

아침에 눈을 뜨자 나는 알 수 없는 불안감에 몸이 덜덜 떨렸다. 아무 의욕도 없이 먹고 자고 생활하기를 이 주일째. 머릿속에선 조금만 더 노력하면 예전의 기억을 되찾을 수 있을 것처럼 희미하게 기억의 끈이 아른거렸다.

널브러진 옷가지와 다 먹고 버린 인스턴트 음식 포장지들이 내 정신만큼이나 방을 더럽히고 있었고, 마침 무슨 연유인지 책장에선 책 한 권이 굴러떨어졌다. 내 몸은 무언가에 홀린 듯이 책을 향해 저절로 움직였다. 어느새 나도 모르는 사이 내 손은 책을 들고 있었다.『데크레센도』. 이 책은 의사가 마지막으로 선물해 준 내가 쓴 책이었다. 하지만 나는 그동안 이 책을 읽지 않았다. 아니, 읽을 수 없었다. 나를 이렇게 만든 과거가 두려웠고, 내가 차갑게 뿌리친 그 여자를 그리워하게 될까 봐 무서웠다. 그런데 어째서인지 꼭 오늘은 이 책을 읽어야 한다는 강박감이 나를 에워쌌다. 목표 없는 무료한 내 일상에 한 줄기 씨앗이 되기를 바라며 나는 떨리는 손으로 책의 첫 장을 펼쳤다.

『데크레센도』에는 마치 과거의 내가 나에게 쓰는 일기처럼 세세한 일들이 적혀 있었다. 이야기는 과거의 내가 자살을 결심한 채 '오혜린'이라는 사람을 처음 만난 때부터 시작했다.

나는 책 속으로 빨려 들어갈 듯이 집중한 채 문장을 하나하나 음미하며 읽어 내렸다.

'디미누엔도', '핫초코', '오혜린', '인형 탈' 등 반복되는 단어들을 읽을 때마다 머릿속에선 잠자고 있던 기억들이 꿈틀거렸다. 그러다가 읽은 책의 내용이 중반쯤에 접어들었을 땐, 어느새 내 눈엔 눈물이 맺혀 있었다.

내가 그 여자를 이 정도로 사랑했다니…. 믿을 수 없었다. 감정이란 건 정신과에서 처방해주는 약을 먹으면 금방에라도 없애거나 생기게 할 수 있는 호르몬의 장난이라고만 생각했는데, 그때의 나에겐 그게 아니었다. 사랑은 상처투성이인 내게 마음을 열어주고, 나를 생각해 주던 유일한 사람에게 느끼는 목숨보다 더 소중한 것이었다. 책을 점점 읽어내려 갈수록 책 속의 내용과 잊혀졌던 나의 기억들이 겹치면서 머릿속에선 하나의 화면이 생겼다. 그곳에서의 나는 울고, 웃고, 다시 울고 웃으며 애틋하게 짝사랑했던 모든 기억들이 생생하게 재생되었다. 두 시간 뒤, 책의 마지막 장을 덮을 땐 이미 넋이 빠져나가 버렸다.

책으로 인해 어느 정도 돌아온 기억과 충격 때문에 몸은 사시나무 떨듯 더욱 격렬하게 떨렸고, 속이 매스꺼웠다. 갑자기 머릿속의 화면에선 영화를 보러 갔을 때 그녀를 차갑게 거절하던 나의 모습이 보였다.

'안 돼… 그러지 마! 거절하면 안 돼! 제발 받아줘. 아니야… 아니야.'

"안 돼!"

나는 허공을 향해 소리쳤지만, 그것은 이미 지난 일이었고, 바뀌는 건 아무것도 없었다. 감당할 수 없을 만큼의 벅차오름이 내 목을 죄었다. 눈물은 앞이 보이지 않을 정도로 흘러내렸다.

그 눈물들은 모두 혜린이에 대한 추억과 슬픔이었고, 방금 내지른 소리는 마지막에 혜린이를 받아주지 않은 나에 대한 분노였다.

'책을 미리 읽을 걸…. 이렇게 될 줄 알았다면, 내가 혜린이를 이 정도로 사랑했던 걸 알았다면! 혜린이의 마음을 받아 줄 걸….'

하지만 아무리 후회해봤자 바뀌는 건 없었다. 나는 핸드폰을 켜 날짜를 확인했다. 14일. 그날 이후로 약 2주가 흘렀다. 나는 제발 늦은 게 아니기를 바라면서 혜린이에 관한 모든 걸 찾기 시작했다.

'아직 늦은 게 아닐 거야, 빨리 전화해서 기억이 돌아왔다고, 너를 사랑한다고 말하면 분명히 돌아올 거야.'

나는 정신이 나간 사람처럼 집 안의 모든 서랍을 뒤지기 시작했다. 혹시라도 있을 혜린이의 연락처나 집 주소 따위가 있기를 바라면서 찾고 또 찾았다. 하지만 나올 리가 없었다.

'당장 혜린에게 전화할 방법을 떠올려야 해!'

나는 눈을 감고 생각에 잠겼다. 내가 살아있다는 걸 알기 전까지는 책의 인세를 혜린이에게 주었다는 말이 떠올랐다. 그렇다는 건 분명히 출판사에서는 혜린이의 연락처를 알고 있다는 뜻이겠지. 나는 떨리는 몸을 애써 진정시킨 뒤, 실낱같은 희망을 걸고 출판사에 전화를 걸었다. 그런데 그곳에서 들려오는 대답은 혜린이의 연락처가 아닌 다른 소식이었다.

"이현 작가님이시죠? 마침 연락드리려고 했었는데…. 혹시 어젯밤에 뉴스 보셨나요?"

"네? 지금 그게 무슨 소리예요?"

"아…. 못 보셨구나. 제가 직접 말씀드릴 수 있는 문제가 아닌 것 같아서요. 지금 핸드폰으로 뉴스 한 번 검색해 보시겠어요?"

순간 불안한 느낌이 들며 온몸의 털이 곤두섰다. 나는 미처 인사하는 것마저 잊은 채 전화를 끊고 핸드폰으로 모바일 뉴스를 검색했다. 그리고 그곳에선 익숙한 단어들로 이루어진 문장의 뉴스 제목이 보였다.

〈『디미누엔도』의 여 주인공, 오혜린 감독 어젯밤 한강에서 투신〉

13일 오후 11시경, 영화와 소설 『디미누엔도』의 여 주인공으로 알려진 오혜린 감독이 한강에서 투신한 것으로 알려졌습니다. 오 감독은 인기 소설 『데크레센도』의 안타까운 사랑을 겪은 주인공으로 알려졌는데요, 지난주에 있었던 영화 『디미누엔도』가 개봉하면서 죽은 줄로만 알았던 남자 주인공이 나타나며 영화보다 더 영화 같은 실화로 많은 사람의 주목을 받았습니다. 하지만 끝내 기억을 잃은 남자가 오 감독을 거절하는 동영상이 인터넷에 퍼지며 네티즌들을 안타깝게 했습니다. 그 주인공인 오혜린 감독이 어젯밤 한강에서 투신하였고, 10분 만에 구조됐지만, 결국 숨지고 말았습니다.

뉴스를 본 나는 웃음이 새어 나왔다. 이미 충격을 넘어선 무언가에 미쳐 현실을 제대로 인지할 수조차 없었다. 미친 사람처럼 허공을 보며 웃었다. 그리고 곧이어 나는 신을 원망하기 시작했다. 운명을 증오하기 시작했다. 참을 수 없는 분노와 절망감에 손에 잡히는 것들을 모두 던졌다. 유리창이 깨지고 핸드폰이 부서졌다. 손에서는 피가 뚝뚝 흘러내렸고, 눈에선 피인지 눈물인지 모를 것이 끝없이 흘러내렸다. 바닥에 머리를 처박고 있는 힘껏 주먹으로 벽을 쳤다. 점점 손에 감각이 없어지면서 뼈마디가 부서지는 소리가 났다. 하지만 아프지 않았다. 지금 내 심정에 비하면 이 정도 고통쯤이야 아무것도 아니었다.

난 그렇게 한참을 원망하고 증오하다가 결국에는 체념해 버렸다. 나는 하늘을 올려다본 채 어딘가에 있을 혜린이와 나에게 이런 운명을 준 신에게 들으라고 소리쳤다.

"그래, 난 저주를 받고 태어난 거야. 사랑받지 못할 저주와 사랑하지 못할 저주를. 처음엔 내가 널 그리워하다가, 네가 날 그리워할 수조차 없어졌을 때쯤 내가 나타났고, 이번엔 내가 널 그리워하고 있어. 그런데 다 생각이 나는데…. 우리가 갈던 모든 장소, 너의 말투, 목소리 다 기억이 나는데…. 네 얼굴이 기억이 나질 않아. 이렇게 될 줄 알았으면 조금 더 잘 봐둘 걸 그랬나 봐…. 이젠 난 널 그리워할 수조차 없어…."

나는 눈을 감고 숨을 깊게 들이마셨다. 눈 주위에 핏줄이 선 걸 느낄 수 있었다. 눈이 터질 것만 같았다. 그리고 한 가지 결심했다.

"혜린아…. 미안해. 내가 지금 만나러 갈게. 조금만 기다려."

나는 택시를 타고 마포대교로 향했다.

에필
로그

#2

2017년 7월 1일 이현

나는 돌아서려 했다. 내 기억에도 없는 그녀가 나를 밀어냈던 과거처럼, 아주 차갑고 잔인하게 돌아서려 했다. 그런데 이상하게도 엘리베이터로 향하는 발걸음이 무겁기만 했다.

멈춰있는 엘리베이터를 타고 1층을 눌렀다. 주변에는 웅성거리는 사람들이 나를 지켜보기만 할 뿐 아무도 엘리베이터를 타려고 하지는 않았다. 문은 금방에라도 닫힐 듯이 덜컹거렸고, 내 눈에는 처량하게 쓰러져 있는 그녀가 보였다.

"오혜린…."

나는 기억해내려고 애써보지만, 기억나지 않는다. 영화에서 본 것처럼 어렴풋이 몇 장면이 머릿속에서 아른거렸다. 그런데 그것만으론 그녀를 기억해낼 수 없었다. 그녀는 쓰러진 채로 손에 얼굴을 묻고 굳어버린 동상처럼 가만히 있었다. 분명 울고 있을 것이다. 만약 저게 우는 모습이 아니라면, 큰 충격에 정신이 나가서 아무것도 할 수 없는 상태일지도 모른다. 그런데도 나는 뜻밖으로 담담했다. 눈앞에서 예전에 내가 사랑했을지도 모르는 여자가 울고 있는데도 이상하리만큼 담담했다. 내가 그녀를 다 잊어버려서 그런 걸까? 그게 아니라면, 조금 전에 내가 그녀를 향해 차갑게 내뱉은 말이 내가 할 수 있는 최고의 선택이어서 그런 걸까. 알 수 없었지만 한 가지는 확실했다. 더 이상 나는 그녀를 사랑하지 않았다. 이제 나는 더 이상 지체하지 않고, '닫힘' 버튼을 눌러 이 상황에서 빠져나가려고 했다. 그런데 순간 머리가 깨질 듯이 아파 왔다. 머릿속엔 조금 전 그녀가 했던 말이 떠다녔다.

"난 당신이 생각하는 것만큼 좋은 여자가 아니에요. 지난날의 상처 때문에 다가올수록 밀어내려고 할 거예요."

"난 가족도 친구도 없어요. 모두 떠나가 버렸어요…."

'언제였지? 분명 들어본 말인데….'

나는 이마를 부여잡은 채 어지러움을 호소하며 벽에 기댔다. 그런데 고통은 준비할 시간도 주지 않은 채 한 번 더 찾아왔다.

"괜찮아요. 내 얼굴을 보고도 웃어준 사람, 당신이 처음이었어요."

"나는 당신을 떠나지 않겠어요."

“나는 당신을 떠나지 않겠어요.”

“나는 당신을 떠나지 않겠어요.”

불청객처럼 근본 없이 불쑥 찾아온 이 말이 계속 맴돌며 머릿속을 떠나지 않았다. 도대체 왜 이 말들이 떠오르는 거지? 나는 분명 다 잊었는데 왜! 나는 고통에 신음하며 얼굴을 감싸 쥐었다. 어디선가 들어본 것 같던 이 말들이 계속 나를 괴롭히고 또 괴롭혔다. 엘리베이터 문은 점점 닫혔고, 나는 고통에 못 이겨 미치기 직전이었다. 잠시 후 ‘끼익’ 거리는 마찰음과 함께 엘리베이터 문이 거의 닫혔다. 그리고 갑자기 내 몸에 감전된 듯이 엄청난 전율이 흘러들었다. 동영상을 빨리 감기 하듯이 잊혀졌던 모든 기억이 돌아오기 시작했다. 처음 느껴보는 경험에 입이 떡 벌어졌다. 불과 0.1초 사이에 일어난 일이지만, 지금 이 순간 내 머릿속에 드는 생각은 단 하나였다.

‘지금 당장 오혜린에게 달려가야 한다.’

나는 가까스로 닫히기 바로 직전인 엘리베이터 문에 오른손을 집어넣었다. 평소에 갖고 있었던 ‘만약 기계가 고장 나서 손이 잘리면 어떡하지?’라는 걱정마저 새까맣게 잊어버린 채 엘리베이터가 열리길 기다렸다. 문은 몇 번 덜컹거리더니 이내 스르륵 열렸고, 내 눈에는 아까처럼 굳어있는 오혜린이 보였다. 분명 나는 엘리베이터 문이 닫히는 동안 많은 생각이 주마등처럼 스쳐갔는데, 혜린이는 잠시 시간이 멈췄던 것처럼 아직도 그 자리에서 그대로 나를 기다리고 있었다. 갑자기 뜨거운 무언가가 가슴에서부터 솟구쳤다. 그 무언가는 곧 눈물로 바뀌었고, 금방에라도 뚝뚝 떨어질 것만 같았다. 나는 사람들을 헤집으며 혜린이를 향해 터벅터벅 걸으며 중얼거렸다.

"내가 미쳤지. 널… 두고 가려고 하다니…."

내가 점점 혜린이에게 다가가자 주변 사람들은 아까보다 크게 웅성거렸다. 그런데 혜린이는 들리지 않는 듯했다. 나는 혜린이 앞에 서서 고개를 내려 시선을 맞추었다. 혜린이는 갑자기 나타난 인기척 때문인지 살며시 고개를 들었다. 순간 우리 둘의 시선이 마주쳤다.

"많이 기다렸지? 미안해. 나 돌아왔어. 기다려 줘서 고마워. 사랑해."

나는 있는 힘껏 혜린이를 끌어안았다.